Zu diesem Buch

«Ein junger Mann, Erich Plauth, kommt in das hessische Dorf Saumlos, wo er in seiner Jungend einige Jahre gelebt hatte. Eine Autopanne hält ihn ein paar Tage hier fest. Im Dorf herrscht Unruhe, ein mit allen zerstrittener Mann hat Selbstmord begangen – doch es gibt Gerüchte, daß es beim Tod dieses Valentin Gutberlet nicht mit rechten Dingen zugegangen ist. War Valentin nicht der uneheliche Sohn eines jüdischen Viehhändlers, der 1938 unter ungeklärten Umständen gestorben war, hatte Valentin nicht einigen Dorfbewohnern in Erpresserbriefen gedroht, er werde die Namen der Mörder seines Vaters bekanntgeben? Plauth, von Beruf Journalist, interessiert sich für den Fall ... Dabei stößt er auf überraschende Tatsachen: Saumlos nämlich hatte, als einziger Ort im Reich, vor 1933 eine Zeitlang eine jüdische Bevölkerungsmehrheit. Wo sind die Juden geblieben, fragt Plauth, wer hat sie vertrieben, wer von ihrer Vertreibung profitiert? Viele der älteren Leute im Dorf müßten es doch wissen ... Doch der Frager bekommt keine Antwort: Man schweigt, man hat vergessen, man will sich nicht erinnern – wozu verheilte Wunden aufreißen? Eine um so deutlichere Sprache aber sprechen die Akten, Dokumente und Unterlagen, die Plauth sich beschafft: Chroniken, Zeitungsberichte, Schulaufsätze, Polizeiprotokolle ...
Chotjewitz hat in seinem Buch ein wichtiges Thema angesprochen: das Verdrängen von Schuld, die Weigerung, sich der Vergangenheit zu stellen, die ‹Unfähigkeit zu trauern›. Und es ist ihm auch gelungen, einen recht guten Einblick zu geben in das heutige Dorfleben – die Auflösung der dörflichen Gesellschaft, die Verschandelung des Ortes durch vermeintliche Modernisierungen, die Verstrickung in generationenalte Feindschaften zwischen den einzelnen Sippen – das alles wird bei Chotjewitz erkennbar» (Jürgen P. Wallmann im «Mannheimer Morgen»).
Peter O. Chotjewitz, geboren am 14. Juni 1934 in Berlin, machte mit 17 Jahren die Gesellenprüfung als Maler und mit 21 Jahren auf dem zweiten Bildungsweg das Abitur. Nach drei Semestern an der Musikakademie studierte er später unter anderem Jura und legte 1965 die zweite juristische Staatsprüfung ab. Seither arbeitet er jedoch vorwiegend als freier Schriftsteller. Er erhielt mehrere Stipendien und lebte jahrelang in Italien, wo er auch Studien für das Buch «Malavita – Mafia zwischen gestern und morgen» trieb. Chotjewitz schrieb Gedichte, Erzählungen, Drehbücher, Schauspiele, Kinderbücher und Romane. Im Rowohlt Verlag erschienen ferner die Prosatexte «Hommage à Frantek – Nachrichten für seine Freunde» (1965), «Die Insel – Erzählungen auf dem Bärenauge» (1968) und der biographische Roman «Der dreißigjährige Friede» (rororo Nr. 4407). Der Sammelband «Auf Anhieb Mord» (rororo Nr. 4090) enthält seinen Kurzkrimi «Durch Schaden wird man dumm.» Peter O. Chotjewitz lebt in Kruspis (Hessen).

Peter O. Chotjewitz

Saumlos

Roman

Rowohlt

Veröffentlicht im Rowohlt Taschenbuch Verlag GmbH,
Reinbek bei Hamburg, September 1982

Umschlagentwurf Werner Rebhuhn
Satz Garamond (Linotron 404)
Gesamtherstellung Clausen & Bosse, Leck
Printed in Germany
680-ISBN 3 499 14999 0

Für Renate,
der ich einen großen Teil des Materials
zu diesem Buch verdanke.

I.

Bald siebzig Jahre später, im Juli 1973 kurz vor ihrem achtundsiebzigsten Geburtstag, erinnerte sich die Witwe Annette Kümpel, die wegen anhaltender Schlaflosigkeit morgens um drei aus dem Fenster schaute, angesichts der zwei Männer, die einen dritten, ziemlich langen Menschen in die Linde neben dem Haus ihres Sohnes hängten, des ersten Fahrrades, das sie in ihrem Leben gesehen hatte.

An jenem Morgen waren die Frauen und Mädchen draußen auf den Wiesen beim Heuwenden, als von der staubigen Landstraße Kindergeschrei zu hören war. Annette Kümpel richtete sich auf und sah einen Mensch mit wehenden Rockschößen, der eine Tasche umhängen hatte, eine Uniformmütze trug und auf einem Ding saß, daß nur aus zwei großen Rädern und einem Griff für die Hände bestand.

Es war der Postbote, der die drei Dörfer Saumlos, Vockerode und Klein-Calden versorgte und heute nicht wie sonst zu Fuß kam, sondern in Windeseile.

Annette drehte den Rechen um, steckte ihn in den Boden und lief ebenfalls auf die Straße. Immer mehr Kinder und auch einige Frauen kamen aus den Wiesen gerannt und verfolgten unter lautem Gejohle den Postboten bis ins Dorf, wo er sein Fahrrad gegen die Linde lehnte und mit dem Austragen der Briefe begann.

Es war nicht viel, was er auszutragen hatte, aber seine Rolle bestand auch mehr darin, mit den Leuten zu reden. Von einem Haus zum nächsten pflanzten sich die Nachrichten fort, die er aus den Nachbardörfern mitgebracht hatte, und wer ihn etwas besser kannte, erfuhr sogar, was in den Briefen stand, die er austrug.

Der Briefträger war der wichtigste Nachrichtenbringer am Dorf. Von ihm erfuhr man, wer im Sterben lag, welche Krankheiten die Leute hatten, wo ein Kind zur Welt gekommen war, welcher Bauer dazugekauft hatte, wer gerade bankrott machte, wer seine Frau verprügelt hatte oder von ihr verprügelt worden war, und man lernte sogar, was man zu denken hatte, denn natürlich berichtete er auch, was die wichtigsten Persönlichkeiten gesagt hatten, wenn er mit ihnen über die Dinge in den drei Dörfern und in der Welt redete.

Jetzt kam er also mit einem Gerät, das sich Fahrrad nannte. Das zweite große Ereignis vor dem Ersten Weltkrieg war das Luftschiff. Auch davon sprach Frau Kümpel häufig, wenn ihr jemand direkt ins Ohr brüllte, sie solle etwas aus ihrer Jugend erzählen, denn sie hatte zwar gute Augen, war jedoch fast völlig taub.

Zuerst hatte der Postbote davon berichtet, dann hatte der Gemeindediener, der mit einer großen Glocke durchs Dorf ging, das Ereignis zweimal angekündigt. Als die Kirchenglocken zu läuten begannen, gingen alle vors Dorf für den Fall, daß das Luftschiff genau über Saumlos abstürzen sollte, und einige hatten sich sogar die Mühe gemacht, auf den Heuberg oder den Mühlberg zu steigen.

Dann kam das Luftschiff hinter den beiden Dörnbergen hervor, wurde groß und größer, schwebte gemächlich die Nüste entlang, wobei es blitzende Strahlen aussandte, und stand schließlich hoch über ihren Häuptern. Alle hatten die Köpfe tief in den Nacken gesenkt und blickten angestrengt nach oben, nur der alte Kümpel nicht, der Metzger und Landwirt war und gleich nebenan auf seinem Acker die Steine verlas.

«Du hast nicht geschaut», sagte sein Nachbar zu ihm, als das Spektakel vorbei war, «warum hast du nicht geschaut?» Der alte Kümpel hatte nur mürrisch geantwortet: «Der schaut nicht nach mir, warum soll ich nach ihm schauen.»

Sie sah den beiden Männern zu und dachte an das Luftschiff, das ihr Vater nicht angeblickt hatte, und das Fahrrad. Die Männer hatten eine Leiter auf die Milchbank neben der Linde gestellt. Der eine stand auf der Leiter und hielt den Mann am Oberkörper, während der andere unten auf der Milchbank stand und die Arme hoch aufgereckt hatte. Er schien die Füße des Toten zu halten.

Das Ereignis berührte sie nicht. Ihr Leben lang waren um sie herum Dinge geschehen, die sie nicht kannte und an denen sie keinen Anteil hatte. Die geschichtlichen Ereignisse und Einschnitte versackten im Alltag. Sie hatte immer nur Arbeit. Als sie ein Mädchen war, arbeitete sie bei den Eltern, mehr als die Gleichaltrigen, da sie das einzige Kind war. Während ihrer siebenjährigen Brautzeit verbrachte sie die Abende und Wintertage damit, ihre Aussteuer zu spinnen, zu weben, zu nähen, und bis heute hatte sie einen Teil der Wäsche von damals nicht einmal benutzt.

Sie heiratete spät, da ihr Vater dagegen war, und als sie endlich verheiratet war, arbeitete sie für ihren Mann, der zwar nichts mitbrachte, aber ebenfalls Kümpel hieß, Anton, den Hof und die Metzgerei übernahm und fleißig, sparsam und ehrlich war. Am Tag, als ihr erstes Kind geboren wurde, arbeitete sie auf dem Acker, bis die Wehen begannen. Später, als sie sich einen Knecht leisten konnten, hatte sie noch mehr Arbeit, denn nun mußte sie neben der Stall- und Feldarbeit, dem Haushalt und den Kindern noch für eine weitere Person kochen, waschen und flicken.

Auch ihre erste Fehlgeburt hatte sie auf dem Feld. Ihre Nachbarin, die ihr beim Arbeiten half, war an den Waldrand gegangen. Plötzlich schrie sie und verharrte in einer starren, verkrümmten Haltung. Annette Kümpel lief hinzu und sah eine Schlange, die im Gebüsch hing, die gespaltene Zunge wild hin- und herschießen ließ und leise zischte. Sie blickte ihr tief in den Rachen, und während der ganzen Zeit stieß die Nachbarin kleine spitze Angstschreie aus.

Annette Kümpel hob die Hacke und schlug auf die Schlange, ohne sie richtig zu treffen, da der Busch unter ihren Schlägen nachgab. Sie schlug wieder und wieder, geriet in Erregung, und der Busch wurde immer röter, als stünde er plötzlich in Flammen. Die Schlange schien sich aufzurichten und kam ihr entgegen, mit ihrem Gezische, ihrer gespaltenen Zunge und ihrem tiefen, fleischroten Rachen. Da wurde es dunkel um sie. Sie hatte das Gefühl, in ein Federbett zu sinken. Als sie erwachte, standen einige Nachbarinnen ums Bett, und die Hebamme. Am nächsten Morgen war sie wieder im Stall.

Die beiden Männer in der Linde schienen ihre Arbeit jetzt beendet zu haben. Sie kamen herab, nahmen die Leiter und gingen davon. Ihre Gesichter waren nicht zu sehen, aber an der Art, wie sie gingen und sich bewegten, meinte sie, ihren ältesten Sohn Kreft und den Jungen ihres lange verstorbenen Schwagers, Herbert Schott, zu erkennen.

Dem da drüben im Baum ging es gut. Der hatte es hinter sich. Sie verließ das Fenster, setzte sich frierend in ihren alten Sessel gleich neben dem Ofen, der nicht geheizt war, denn es war Sommer, und betete, wie jeden Morgen und Abend. Sie betete darum, daß sie bald sterben würde.

II.

Erich Plauth hatte beschlossen, in die Bundesrepublik zurückzukehren und ein Haus auf dem Land zu kaufen.

Er sah es vor sich. Es lag in einem großen Grasgarten, Erdgeschoß, erster Stock, Dachboden, natürlich aus Fachwerk. In der Giebelfront, zur Dorfstraße hin, hatte es ein Scheunentor. Links und rechts davon waren die Fenster, je eins auf jeder Seite, also vier, und dann noch eines genau über dem Tor.

Er sah sich eintreten, und alles war wie erwartet. Links ging es zur Küche, rechts ins Wohnzimmer. Im Halbdunkel erkannte er die Empore an drei Seiten der Scheune, von der die Schlafräume abgingen. Die Holzdecke, über der sich der Fruchtboden befand, war vom Rauch geschwärzt. An der Rückwand der Kamin, in dem hoch oben gegen den Himmel die Würste und Schinken zu sehen waren. Hier war er als Junge oft ein- und ausgegangen.

Sie würden die Scheune in einen großen Wohnraum verwandeln, das Tor zumauern und ein großes Fenster in die Wand setzen. An Festtagen würden sie, wie früher bei Hochzeiten, Konfirmationen und Kindstaufen, grüne Birkenzweige an das Geländer vor der Empore binden. Aus der Stallung dahinter ließe sich das Badezimmer, der Werkraum, die Wurstekammer und ein Abstellraum für die alten Zeitschriften und Zeitungsausschnitte machen.

Ihr Leben würde sich ändern. Ein oder zweimal im Jahr würden sie ein Schwein schlachten, das sie beim Nachbarn kaufen oder selber füttern würden. Schafe würden sie halten für das Fleisch und die Wolle, und vielleicht auch ein paar Enten, Gänse und Stallhasen. Der Druck in der Brust würde weichen, den er für Angina pectoris hielt, und das Kribbeln in den Beinen. Der übliche Verschleiß bei einem Mann von 39 Jahren, der die letzten 18 Jahre in der Stadt gelebt und seine Arbeit am Schreibtisch verrichtet hat. Auch die zwei Söhne würden sich freuen, daß sie endlich auf dem Dorf leben durften.

Der Wald, durch den er fuhr, war ihm seit fast 30 Jahren vertraut. Aus alter Gewohnheit blickte er in die merkwürdige Allee, die mitten im Wald nach links von der holländischen Straße abging und einen breiten, schnurgeraden Weg bildete, der wie die Zufahrt zu einem Herrenhaus wirkte. In Wirklichkeit führte er nur zu einem versumpften Tümpel, in dem der Sage nach vor langer Zeit eine Ritterburg versunken war.

Er hatte die Allee kaum passiert, als es unter dem Auto klopfte, ziemlich weit hinten in der Nähe der Hinterachse, so als ob dort ein winziger blinder Passagier sitze und auf sich aufmerksam machen wolle. In dieser Gegend hatten sie als Kinder Bucheckern gesammelt, waren Schlittschuh gefahren und hatten die Füße ins Wasser gestreckt, wenn sie erhitzt waren.

Wenn er sich das Wort Heimat als eine Landschaft vorzustellen versuchte, erinnerte er sich fast stets an das Nüstetal. Keine Landschaft der Bundesrepublik war ihm so vertraut wie diese nordhessische Gegend, vom Sportplatz aus betrachtet, den die drei Dörfer Saumlos, Klein-Calden und Vockerode gemeinsam benutzten, dort wo die Gemarkungen aneinanderstießen.

Aus der Gegend der Hinterachse war jetzt ein heftiger Schlag zu hören, dann wurde das Fahrzeug langsamer. Plauth drückte den Gashebel tiefer durch, aber das Stottern des Motors verstärkte sich, und der Wagen ruckte und zuckte.

Er nahm den Fuß etwas zurück. Das Auto fuhr jetzt gleichmäßiger, kam aber kaum über 50 Stundenkilometer. Er ärgerte sich, daß er vorhin auf der Autobahn dem Wunsch nachgegeben hatte, einen kleinen Abstecher zu machen. Er könnte schon fast in Kassel sein, wo es einfacher gewesen wäre, eine Werkstatt zu finden.

Das Tal lag vor ihm. Etwa drei Kilometer breit, nach rechts hin von einem langen bewaldeten Höhenrücken begrenzt, dessen Oberkante eine Wellenlinie bildete. Er wußte, daß sich dort unter den Bäumen Hügel und Täler befanden, und suchte den Junkerkopf, auf dem die Burgruine lag, zu der sie als Kinder einmal im Jahr am Wandertag mit Rucksäcken und Strickjakken gezockelt waren.

Der Geruch, der entsteht, wenn warmer Regen an einem heißen Tag auf einen dichten, sommerlichen Laubwald fällt, fiel ihm ein. Er sah sich mit den Mädchen und Jungen seiner Klasse den dunklen Waldweg hinaufgehen. Sogar den Schweiß, der sich auf der Haut mit der Feuchtigkeit des Regens vermischte, meinte er wahrzunehmen.

Später hockten sie dichtgedrängt unter einem Gewölberest, kauten ihre Brote, hielten eine Feldflasche mit lauwarmem Tee in der Hand, stritten sich um die Plätze und wischten sich die Nässe aus dem Haar. Als es aufgehört hatte zu regnen, liefen sie den Mädchen nach, als wollten sie Fangen spielen, in Wahrheit aber, um sie wie zufällig hier und da zu begrabschen.

Nach der Rast waren sie die vier oder fünf Kilometer zu den beiden kuppelförmigen Bergen gewandert, die das Nüstetal weithin überragten; der kleine und der große Dörnberg. Bruno Leimert erzählte ihnen zum soundsovielten Mal, daß es sich um zwei Vulkane handele, die aber nicht aufgebrochen seien. Vor so kurzer Zeit erst seien sie entstanden, daß Menschen mit angesehen hätten, wie plötzlich ein Poltern und Rumpeln durch das Nüstetal gegangen sei und am Ende des Tales sich zwei Blasen aus flüssigem Basaltgestein gebildet hätten.

An dieser Stelle angelangt, tat es noch einen heftigen Schlag, die Reifen quietschten, das Fahrzeug rutschte, schlingerte und kam rasch zum Stehen, so daß es ihn nach vorne riß und er mit der Stirn die Windschutzscheibe leicht berührte.

Als er in den Rückspiegel sah, stand hinter ihm eine Staubwolke. Er kurbelte das Fenster herab. Es roch nach verbranntem Gummi.

III.

Eines Morgens nach der Stallarbeit fand die 38-jährige Mutter dreier halbwüchsiger Kinder, Christine Schott, geborene Schott, unter der Fußmatte einen verschlossenen Briefumschlag, den jemand unter der Tür hindurchgeschoben haben mußte, denn er war nicht frankiert, und die Postbotin pflegte ihre Briefe auch stets auf den Küchentisch zu legen. Sie kam ungehindert ins Haus, denn die Haustür war tagsüber nicht abgeschlossen.

Niemand wäre auf die Idee gekommen, eine alte Haustür tagsüber abzuschließen. Wer seine Haustür abschließen will, läßt eine moderne Tür einbauen, die von außen nur mit einem Schlüssel geöffnet werden kann. Der Wechsel der Gewohnheiten erfordert auch einen Wechsel der Gegenstände, die den Gegenstand der Gewohnheiten bilden.

Frau Schott nahm den Brief vom Boden und legte ihn auf die Konfektschale im Wohnzimmer, natürlich ungeöffnet, denn er war an ihren Mann adressiert, und der erwartete von ihr, daß die Post immer an derselben Stelle lag, wenn er abends von der Arbeit als KFZ-Schlosser im Autohaus Klammroth in Moppes nach Hause kam.

Seit wann der Brief dort gelegen hatte, war nicht mit Bestimmtheit zu sagen. Es war ein Samstag, und Christine wischte die Diele dreimal die Woche: Montag, Mittwoch und Samstag. Am Mittwoch hatte er noch nicht dort gelegen. Das geringe Interesse, das der Brief in Christine Schott erweckt hatte, verflüchtigte sich vollends, als ihr Mann gegen 11 Uhr 30 zum Frühstück herüberkam, das in Wahrheit ein regelrechtes Mittagessen war, gemischtes Gemüse, Hackbraten, Kartoffeln und Soße, und nur im Sprachgebrauch der Saumloser Frühstück genannt wurde.

Ihr Mann zerquetschte erst die Kartoffeln in der Soße, wobei er die Gabel benutzte, dann das Gemüse, zerkleinerte das Fleisch und vermischte schließlich alles zu einer dicken Pampe, die er mit hastigen Bewegungen unter kräftigem Schlukken hinunterschlang, denn mehr als zehn Minuten nimmt ein Mann wie er, der noch manche Mark auf die hohe Kante legen muß, sich nicht Zeit zum Essen. Dabei überflog er den Brief, den er mit dem Zeigefinger aufgebohrt und dann aufgerissen hatte, während seine Frau ihm gegenüber ebenso hastig aß, denn wenn sie nicht gleichzeitig mit ihm vom Tisch aufstand, würde er sie mit Sicherheit fragen, ob sie denn heute etwa nichts zu tun habe.

Er faltete den Brief sorgfältig zusammen und steckte ihn in die Tasche seines Overalls, ohne ein Wort zu sagen. Seine Geste zeigte ihr, daß die Sache sie nichts anging. Wenn es ein Brief ihres Bruders oder eines anderen Verwandten gewesen wäre, hätte er ihn ihr gezeigt, falls er nicht gerade schlechte Laune hatte.

Nach Feierabend, am Samstag und im Urlaub reparierte Herbert Schott Kraftwagen auf eigene Rechnung. Er war ein soziales Zwitterwesen, wie zahlreiche Werktätige auf dem Land. Tagsüber Arbeiter, nach Feierabend sein eigener Unternehmer, und auch da noch verkörperte er zwei geschichtliche Epochen: die landwirtschaftliche, da er den 10-Hektarbetrieb seines Vaters übernommen hatte, und die industriewirtschaftliche als Eigentümer einer Autoreparaturwerkstatt.

Entsprechend krude waren seine Gedanken. Als Werkstattinhaber schimpfte er auf die Gewerkschaften, «die immer weniger arbeiten wollen» – «zum Schluß will keiner mehr schaffen» –, als Arbeiter trat er für mehr Urlaub und Arbeitszeitverkürzungen ein, schon deshalb, weil er dann mehr Zeit für die Werkstatt und die Landwirtschaft hätte. Als Landwirt dagegen verfluchte er den ganzen technischen Fortschritt, durch den Ackerbau und Viehzucht zu einem sterbenden Erwerbszweig wurden.

Der Brief war mit der Hand geschrieben, die Handschrift war krakelig. Herbert Schott wußte, von wem die Schrift stammte, er hatte sie oft genug gesehen. Es gab nur einen im Dorf, der früher, als er noch das Auto besaß, die Angewohnheit hatte, seine Reparaturwünsche aufzuschreiben. Der Brief lautete:

«Erste und letzte Aufforderung. Im kommenden November jährt es sich zum fünfunddreißigsten Mal, daß Angehörige von Ihnen mir in Ausführung des gegen mich und meine Familie geschmiedeten Komplotts einen unersetzlichen Schaden zugefügt haben; Ermordung meines mutmaßlichen Vaters und Raub des Vermögens, das mir als seinem Sohn zugestanden hätte, obwohl angeblich unehelich.

Schadenersatz 30000 Mark in kleinen Scheinen – Rückzahlung des geraubten Geldes. Übergabe in den Papierkorb neben der Milchbank mit einer Plastiktüte vom Kaufhof.
Wenn Sie nicht zahlen, erfolgt Bekanntgabe der Mörder meines Vaters. Sie wissen, wer gemeint ist.»

Schott trat an den Küchenherd, der aus Sparsamkeitsgründen zum Kochen auch im Sommer brannte, und steckte den Brief ins Feuer. Er bemerkte, daß seine Frau ihn mit ausdruckslosem Gesicht beobachtete und fühlte sich jetzt offensichtlich doch verpflichtet, etwa von sich zu geben. Er zuckte deshalb mit den Schultern, als wolle er sagen: Der übliche Quatsch. Schon im Hinausgehen sagte er aber: «Mach hin. Du kannst mir nachher noch helfen, die Wagen waschen.»

Draußen fegte seine Mutter, Barbara Schott, mit einem buschigen Reiserbesen den Hof und die Straße. Diese Reiserbesen band sie sich selber. Er stellte sich unter die Rampe und begann, einen Auspuff auszuwechseln. Er war ein schneller und gewissenhafter Arbeiter, bei dem jeder Handgriff saß, und er konnte sich grün ärgern, wenn er Leuten zusah, denen die Arbeit nicht von der Hand ging oder die womöglich gar nichts taten. Leute, die dem Staat oder anderen auf der Tasche lagen und ihre Wirtschaft nicht in Schuß hatten, haßte er.

Er haßte die Reichen, die sich auf Kosten anderer ein feines Leben machten, und er haßte die Armen, die Leuten wie ihm auf der Tasche lagen. Während er die letzte Schraube anzog, bemerkte er zu seiner Überraschung, daß er bereits fertig war.

Er hatte geschafft, wie es seine Art war, ohne sich zu überanstrengen; zügig und fast automatisch. Doch in Gedanken war er woanders gewesen: bei den Faulenzern und Nichtstuern, an denen er seine Wut ausgelassen hatte.

Das passierte ihm oft, daß er seine Arbeit tat, ohne es überhaupt zu bemerken. Er bemerkte es erst, wenn die Arbeit erledigt war. Wenn er je einen Menschen zusammenschlagen oder gar ermorden sollte, würde er es genauso tun. Er würde es erst bemerken, wenn der Mensch dalag.

Dann war nichts mehr zu machen.

IV.

Erich Plauth ließ den Motor an und versuchte zu fahren, würgte ihn aber sofort wieder ab. Er stieg aus, versuchte das Fahrzeug beiseite zu schieben, da es zu weit auf der Straße stand, aber die Hinterräder blockierten.
Nicht sonderlich beunruhigt, nur etwas ratlos, lehnte er sich seitlich gegen die Motorhaube und blickte hinüber ins Dorf. Nach einer Weile fiel ihm ein, daß er vergessen hatte, das Fahrzeug zu sichern. Er kramte umständlich das Warnkreuz hervor und lief ein Stück zurück.

Viel Verkehr war nicht auf der Straße, jetzt am Nachmittag gegen fünf nur alle paar Minuten ein Wagen. In den Abendstunden war mehr Verkehr, wenn die jungen Männer die Kneipen in den Dörfern abklapperten oder auf der Suche nach Mädchen am Abend zehn Liter Benzin verfuhren.
Die Autos, die an ihm vorbeifuhren, verschwanden hinter dem Wald und tauchten nach einer Weile unten im Tal wieder auf. Er blickte nach links, den Mühlberg entlang, auf dem sie als Kinder gerodelt hatten, und zum Heuberg, wo sie nach 1945 alte Präservative suchten, die sie wie Luftballons aufbliesen.

Die Kirche, in der er so oft den Blasebalg für die Orgel getreten hatte, mit dem massigen, quadratischen Turm, auf dem ein zwiebelförmiges Dach saß, gluckte noch immer über den Häusern und Scheunen der Kleinbauern und Handwerker im Oberdorf.

Das war sein Dorf, das Urbild des Dorfes, das erste Dorf, das er in seinem Leben gesehen hatte, 1943 im Sommer, als er neun Jahre alt war und sein Vater, der bei der Armee Backmeister war, hier einige Wochen mit seiner Verpflegungskompanie gelegen hatte.

Die Ebene zwischen den beiden Höhenzügen bis hin zu den Dörnbergen war fast durchweg grün, nur hier und da von einem knallgelben oder braunen Viereck unterbrochen, aber jedes Grün war anders, und nicht zwei Felder waren einander gleich. Links der Nüste befanden sich die riesigen Flächen des Rittergutes, das die besseren Böden hatte, während rechts, wo das Gelände hügliger und steiniger war, die kleinen Felder der Bauern und Handwerker lagen.

Das Tal sah aus wie eine Karte, auf der das soziale Gefüge des Dorfes abgebildet war, aber es war das erste Mal, daß er darüber nachdachte. Früher auf dem Heuberg, wenn er über das Land zu den Dörnbergen schaute, hatte er stets nur Gefühle gehabt.

Durch das Unterdorf, das wie ein langes Straßendorf zu beiden Seiten der Nüste lag, kam ein größeres Fahrzeug Richtung Klein-Calden. Es verließ das Dorf und verschwand aus dem Blickfeld. Seit er hier stand, waren drei oder vier Fahrzeuge an ihm vorbeigefahren, aber niemand hatte auf sein eher nachlässiges Winken geachtet.

«Wenn nicht bald was passiert, passiert was», sagte er zu sich selbst. Mit solchen Sprüchen hatten sie sich als Jungen die trägen Sommernachmittage vertrieben, wenn sie auf der Böschung über dem Orbeck saßen, Grashalme kauten, Weizenkörner auspulten und nicht wußten, was sie tun sollten nach dem Baden. Einmal hatte er selbst den Satz gesagt.

Osse, der dickste und stärkste aus ihrer Klasse, der eigentlich Manfred hieß, Manfred Kleinschmidt, hatte ihn aus Spaß die Böschung hinabgestoßen, damit etwas passierte, so daß er sich nicht mehr halten konnte und in den Teich fiel.

Er wußte nicht warum, aber er mußte plötzlich an Kurt Frost, den Kleinbauern denken, bei dem der Vater sie einquartiert hatte, die Mutter, den kleinen Bruder und ihn.

Frau Frost hatte eine alte Zervelatwurst auf den blanken Tisch gelegt, und Erich wußte noch nicht, daß diese Art Wurst zu allen Zeiten eine besondere Köstlichkeit war. Der Bauer bestrich eine große Schnitte Brot dünn mit Butter, schilferte drei Scheiben von der Wurst, legte sie auf die Schnitte, wo sie kaum ein Viertel bedeckten, und schob sie während des Essens langsam über das ganze Brot, wobei er jeweils nur ein kleines Eckchen von der Wurst mit abschnitt.

Dabei sagte er kein einziges Wort, schaute seine Gäste aber streng an, und in seiner Art zu essen lag eine deutliche Aufforderung, es ihm nachzumachen, so daß Erich das Gefühl hatte, der Bauer spräche mit ihm und sagte:
«Da seht ihr's, daß drei Scheiben Wurst ausreichen für eine Schnitte Brot.»

Erich Plauth begriff erst Jahre später, daß Frost ihm an diesem Abend auf dem Land eine Lektion erteilt hatte, die er nie vergessen sollte, wenn er diese Art Wurst sah, die zur Hälfte aus Schweinefleisch gemacht wird und die es nur in Nordhessen zu geben scheint. Alles, was von Frost geblieben war, bestand in der SA-Uniform, die er trug, wenn er abends aus der Stadt von Arbeit kam, und seiner wortlosen Art, die Wurst zu essen.

Nur einmal während des Essens hatte er das Wort an Erichs Vater gerichtet, der in Uniform dabeisaß und nach der Auffrischung seiner Kompanie in Rußland eingesetzt werden sollte.

«Sie sind doch hoffentlich Arier!?»
Erich Plauth wußte aus der Schule, was ein Arier war. Die Arier waren die Guten, auf denen der Segen des Führers ruhte. Juden, Zigeuner, Bolschewisten und Volksschädlinge waren keine Arier.

Mutter Plauth schaute Frost spöttisch an und unterdrückte ein Lachen. Sie mußte oft lachen, wenn sie einen Mann sah, der eine Uniform trug.

Aber Vater Plauth hatte eilfertig sein Soldbuch hervorgekramt. «Was denn sonst; schauen Sie da.»
Wenn es darum ging, sich mit einem Mann gutzustellen, den er für einflußreich hielt, vergaß er alle seine Prinzipien, die er auch nur im Familienkreis äußerte.

Der Lastwagen, den irgend jemand benachrichtigt haben mußte, kam jetzt die Straße herauf und hielt in gleicher Höhe an. Erich Plauth sah, daß es ein Abschleppwagen war, und betrachtete gebannt den Mann, der herauskletterte. Auch das geschah oft, daß er fast zwanghaft eine Person oder eine Gruppe anstarren mußte, weil er alles um sich herum vergaß, den Kopf schief hielt, einen abwesenden Blick bekam, den Mund öffnete und deshalb einen leicht verblödeten Gesichtsausdruck annahm. Vor allem Frauen, aber auch Männer, die ihm merkwürdig vorkamen, pflegte er auf diese auffällige Weise zu beglotzen.

V.

Irgendwie waren alle Saumloser miteinander verfeindet, was nicht bedeuten soll, daß sie eine besonders friedlose Gesellschaft waren. In den anderen Dörfern war es vermutlich genauso.

Für den Außenstehenden war es unmöglich, die Gründe für soviel Unfriedfertigkeit zu erkennen, obwohl jeder im Dorf genau zu wissen schien, wer mit wem warum verfeindet war. Man sprach nicht darüber und wenn, dann höchstens in Andeutungen. In der Wirtschaft sagte einer zum Beispiel:
«Gestern war bei uns auf der Ecke wieder mal Wild-West.»
Oder:
«Heute früh hat die Alte mal wieder den Rappel gehabt.»

Man hörte kein Schimpfen, kein Diskutieren, und zu Tätlichkeiten schien es erst recht nicht zu kommen. Nur beiläufig erfuhr der Fremde, daß alte Feindschaften wirtschaftliche Gründe hatten, an die sich niemand erinnerte. Da behauptete der eine, vom anderen bei der Flurbereinigung übervorteilt worden zu sein, und der dritte hatte vom vierten vor längerer Zeit eine Zuchtsau gekauft, die ihre Ferkel auffraß.

Einer glaubte, die anderen seien neidisch auf ihn, weil jeder, der sein Land verpachten wollte, zu ihm kam, und der andere stand mit dem einen auf Kriegsfuß, weil dessen Kühe schon zum zweiten Mal in diesem Jahr ausgebrochen waren und in seinen Rüben geräubert hatten. Unbeliebt waren fast alle. Der eine, weil er für geizig galt, der andere, weil er das Geld mit beiden Händen ausgab, der dritte, weil er nicht genug kriegen konnte, der vierte, weil er nichts hatte, der fünfte, weil er ständig besoffen war und der sechste, weil er keinen Spaß verstand und nichts mitmachte.

Wer Geld hatte, legte es auf die Kreissparkasse oder eine andere Bank, nicht auf die Raiffeisenkasse im Dorf, aus Furcht, die anderen könnten erfahren, daß er Geld hatte. Nicht alle machten es so, aber manche. Im Stall und am Hof ließen einige das Licht lange brennen, damit die anderen glaubten, sie arbeiteten lange und wenn bekannt wurde, daß einer Land verkaufen wollte, lagen die Interessenten mit der Flinte hinter dem Küchenfenster, um jeden abzuschießen, der sich bei Dunkelheit zu dem mutmaßlichen Verkäufer schlich, um mit ihm zu verhandeln.

Aber das sagte man nur so zum Spaß.

Vieles hatte sich geändert am Dorf, seit Herbert Schott, Valentin Gutberlet, Erich Plauth, Kreft Kümpel und die anderen ihres Jahrgangs den Ehemännern der Annette Kümpel und Barbara Schott, Bärchen Faulstich und ihrer Cousine Käthe Rüppel, seit die junge Generation der alten, um 1900 geborenen abgeschaut hatte, wie man sich verhalten, denken und reden mußte, wenn man dazugehören wollte, im Gasthaus zum «halben Mond», in der freiwilligen Feuerwehr, im Gesangsverein, bei Hochzeiten, Kindstaufen, Konfirmationen und Jubileen, im Streit und in Friedfertigkeit, denn das gab es auch; heute wie vor zwanzig oder fünfzig Jahren.

Das Dorf zerfiel in drei Gruppen: Die Eingesessenen, die Eingeheirateten und die Zugereisten. Nur durch Vermischung mit den Eingesessenen errang ein Eingeheirateter oder eine Eingeheiratete, die nicht aus der näheren Umgebung stammten, die volle Zugehörigkeit, die allein den Eingesessenen vorbehalten war. Wer es ablehnte, sich zu vermischen und nicht einheiratete, würde nie dazugehören.

Fast schien es, als ob nur drei Dinge die Saumloser miteinander verbanden: Das dichte Netz der Verwandtschaften und Schwägerschaften, das für den Außenstehenden ebenso undurchschaubar war wie die Streitigkeiten; das Stückchen Land, das einer besaß, wenn er dazugehörte; und die unerklärlichen, unsichtbaren Feindseligkeiten, deren Ursachen oft schon Generationen zurücklagen.

Das Dorf hatte sich in den letzten dreißig Jahren verändert, mehr als in den 300 Jahren davor. Das Rittergut, das nach dem zweiten Weltkrieg an die 30 Mann beschäftigte, nicht eingerechnet die ausländischen Saisonarbeiter und Frauen, die die Rüben verzuppelten, Garben aufstellten, Kartoffeln verlasen, arbeitete heute mit fünf Mann.

Von den ehemals zehn Bauern, die nur von der Landwirtschaft lebten, waren drei übriggeblieben. Die anderen waren jetzt Mondscheinbauern. Die Handwerker hatten zugemacht; der Schreiner, der Stellmacher, der Schuhmacher, der Bäcker, der Sattler, der Metzger, der Schneider. Die Männer gingen tagsüber auf Arbeit, die meisten nach Kassel in die Fabrik, auf den Bau, an die Straße. Einen Beruf hatten fast alle noch gelernt. Vielleicht waren sie überhaupt die letzte Generation, die eine anständige Berufsausbildung bekommen hatte. Nach Feierabend gingen sie noch ihrer alten Beschäftigung nach.

Da schlachtete Kreft, der Nebenerwerbsbauer war und als Schichtarbeiter in der Textilfabrik am Fließband stand, bei Freunden und Verwandten. Die Maurer, Putzer, Schreiner, Dachdecker, Fliesenleger, Maler und Installateure halfen, die Schwarzbauten ihrer Nachbarn und Verwandten hochzuziehen; Hocke Adam, der Schuhmacher, machte um sechs Uhr abends in der kleinen Werkstatt, die noch unverändert von seinem Vater stammte, die Schirmlampe an, und auch Herbert Schott, den sie Knutscher nannten, schloß nachmittags um fünf die Tür zu seiner Werkstatt auf, in der das Licht keinen Abend vor zehn Uhr ausging. Dann fiel er ins Bett.

Nicht nur wirtschaftlich, auch administrativ war die dörfliche Gesellschaft aus den Fugen geraten. Erst hatte die Kirche die Pfarrstelle nicht mehr besetzt. Jeden Sonntag kam Pfarrer Kuhn von Moppes, der bei den Kranken und Alten auch die Hausbesuche machte. Dann war die Dorfschule aufgelöst worden. Jeden Morgen kam jetzt der Schulbus und brachte die Kinder in die Mittelpunktschule.

Als nächstes hatte die Gemeinde ihre politische Selbständigkeit verloren und war zum Ortsteil herabgesunken. Es gab zwar noch einen Ortsbeirat, aber der hatte nichts zu sagen, und der Bürgermeister, der sich jetzt Ortsvorsteher nannte, Ziesche Helm, hatte höchstens die Ehre, die Holzbestellisten herumzutragen, einmal im Jahr die Viehzählung zu machen, die Müllsäkke zu verteilen und dem Gemeindevorstand Meldung zu machen, wenn eine Straßenlampe defekt war oder die Hecken gefegt werden mußten; eine Respektsperson, die die Jugendlichen Sheriff nennen konnten wie früher, war er nicht mehr.

Die Gesellschaft der Saumloser hatte ihre Identität verloren, als Kirche, Schule und Amt nach Moppes verlegt worden waren, und so langsam begann sich mancher zu fragen, ob die drei inneren Stützen noch einen Sinn hatten: Die Streitigkeiten, die Verwandtschaft und das eigene Land.

Vor allem die Jüngeren fragten sich das.

VI.

Was Plauth vor allem beeindruckte, waren die feisten Schenkel und dicken Arme des Mannes, sein schwappender Wanst, das von der sommerlichen Hitze rot gefärbte Fleisch, das vor Schweiß glänzte und ihn unheimlich obszön wirken ließ, so daß Plauth sich den Wunsch vorstellen konnte, mit ihm ins Bett zu gehen.

Der Mann trug eine knappe weiße Turnhose, darüber ein buntes Hemd mit kurzen Armen. In merkwürdigem Kontrast zu seinem schwerfällig wirkenden Äußeren standen die Kulleraugen, die aus den Fettbergen der Backen wie zwei große Knöpfe hervorstrahlten und ständig in Bewegung waren. Auch seine Handbewegungen und Schritte waren durchaus lebhaft, höfisch, weltgewandt und graziös.

Mit einem Wort, er war sympathisch, vor allem mit den kurzen Armen, und Plauth mußte sich zwingen, ihn nicht anzusehen. Ein Blick in die Augen würde dem Mann verraten, daß er Mühe hatte, ihm nicht auf die Hose zu sehen, denn er war sicher, daß eine heftige Bewegung demnächst sein Geschlechtsorgan zum Vorschein bringen würde.

Irgendwo in ein paar Speditionskisten, die er vor Jahren in einem Keller abgestellt hatte, mußte sich noch das Konfirmationsphoto befinden, das Plauth undeutlich vor sich sah, während er jetzt im Fahrerhaus des Abschleppwagens saß, neben dem Mann, der ihn entfernt an seinen Schulkameraden Manfred Kleinschmidt erinnerte, den sie als Jungen Osse genannt hatten.

Ganz links auf dem Photo stand, wie ein Abguß der Statue des Dr. Martin Luther auf dem Eislebener Marktplatz, Pfarrer Witzel, daneben in einer Reihe die dünnbeinigen Mädchen in schüchternen schwarzen Kleidern mit weißen Krägelchen und einem ebenso dünnen Lächeln wie der Pfarrer. Dahinter, eine Stufe höher, die Jungen, auch sie in Schwarz, aus dem nur das weiße Dreieck des Oberhemds ragte, zwei sogar schon mit einer Tolle, die die spätere Elvis-Frisur vorausahnen ließ.

Nur einer sah aus wie ein richtiger Mann, fast blendend, mit schwarzem, glatt nach hinten gekämmtem Haar, kantigem Gesicht: Osse.

Plauth dachte an die Mühe, die sein Vater gehabt hatte, ihn festlich auszustaffieren, damals, kurz vor der Währung. Für den Anzugstoff, der aus einem alten Damenumhang zugeschnitten war, hatte Vater Plauth einem Bauern namens Doelle Hans die Küche ausgemalt. Das weiße Hemd hatte beim Juden David, der nach 1945 als einziger zurückkehrte und in Moppes ein kleines, stets dämmriges Geschäft eröffnete, ein Kilo echten Kunstharzlack gekostet, den Vater Plauth von einem Materialposten abgezweigt hatte, der dem Gutsbesitzer und Grafen von Saumlos, einem gewissen von Trümbach, gehörte.

Die Schuhe waren handgearbeitet und nagelneu, aber der rechte drückte entsetzlich. Das Leder stammte aus einem Ringtausch, an dem eine freizügige Abiturientin, ihr amerikanischer Freund, ein Landwirt und die Witwe eines Gerbers, der seine Gerberei an der Nüste hatte, beteiligt waren, und bei dem ein Geschlechtsverkehr, ein Kilo Zucker, 25 Pfund Weizenmehl und ein frischer Anstrich für die Küchenmöbel der Eltern der Abiturientin als Ware gedient hatten.

Schuhmacher Adam Hocke, der seine Werkstatt im Oberdorf in einer Sackgasse mit dem schönen Namen «Am blauen Wandstein» hatte, erhielt außer dem Werklohn ein Stück Leder, das für ein weiteres paar Schuhe ausreichte. Erich Plauth hatte die Schuhe schon vor der Konfirmation getragen, da er nur ein paar Klompen besaß.

Deutlich erinnerte er sich an den frühen Sonntagmorgen, an dem er mit seinem Vater über die Felder schlich, um beim Bauern aus der Miete Futterrüben für die Stallhasen und die Ziege zu klauen. Zu Hause hatte er die Schuhe wie üblich zum Trocknen in die Röhre gestellt. Nichtsahnend hatte Adelheid Plauth groß eingefeuert, so daß der eine Schuh zu heiß wurde und einlief. Auch tagelanges Aufziehen auf einen Leisten brachte ihn nicht wieder auf die erforderliche Größe. Nun drückte er also.

Kurz vor Saumlos kamen sie an der Feldscheune vorbei. Ein schwarzer Bretterbau auf einem Backsteinsockel, umgeben von Holunderbüschen, wie vor 25 Jahren. Das Konfirmationsphoto zeigte Erich Plauth direkt neben Osse. In Erich, den die anderen damals auch Adelheid nannten, löste Osse jahrelang ein Gefühl der Unterlegenheit aus.

Wenn Osse dicht bei ihm stand, fühlte er sich klein und unterlegen, wie eine Frau, die damit rechnen muß, daß der Mann sich ihrer bemächtigt und die ihm zuvorkommt, indem sie sich ihm scheinbar freiwillig hingibt. Wenn Osse neben ihm stand, mußte er zuweilen den Wunsch unterdrücken, ihm die Hand in den Nacken zu legen und sich an ihn zu schmiegen, damit er ihm nichts anhaben konnte.

Die Feldscheune. Stundenlang saßen sie hier, wie alle halbwüchsigen Jungen Liebhaber des Halbdunkels und der Verstecke, in denen sie eng aufeinander hockten, zwischen Zärtlichkeitsbedürfnis und Angst vor der geschlechtergleichen Sexualität, sich tiefe Blicke des geheimen Einverständnisses zuwarfen und quatschten.

An eine Szene erinnerte er sich deutlich. Osse, der die Angewohnheit hatte, sein Glied mit der zurückgestreiften Vorhaut wie unabsichtlich zur Schau zu stellen, forderte die anderen auf, die zweiflüglige Scheunentür zu öffnen, «damit ihr Jungen was davon habt», setzte sich auf den Sitz des Heuwenders, öffnete seine kurze Hose und holte sein Glied hervor, das tatsächlich größer und besser entwickelt war als alles, was Erich bis dahin bei einem Jungen gesehen hatte.

«Kommt her», sagte Osse großspurig, «Ihr könnt mal anfassen.» Alle waren sie an ihm vorbeigepilgert, hatten sein Glied auf der Handfläche gewogen und hochachtungsvoll mit dem Kopf gewackelt. Verlegenheit mischte sich mit Bewunderung, daß Osse den Mut hatte, sich so zu entblößen. So etwas kam selten vor.

Erich Plauth war ziemlich sicher, daß der Mann neben ihm Manfred Kleinschmidt, genannt Osse, war. Die Art, das Mäulchen zu spitzen und die Stirn zu runzeln, die an Großmannsucht erinnernden Gebärden und die gewisse Geilheit im Gang waren unverkennbar. So war er schon mit 15 und 20 gewesen, als Erich das Dorf verlassen hatte.

Wenn das Osse war, war er der Sohn des Gastwirts vom «halben Mond», der nebenbei Landwirtschaft hatte und der erste frei gewählte Bürgermeister nach dem Zweiten Weltkrieg war. Den allerersten, der noch von den Amis eingesetzt worden war, hatten die Saumloser so rasch wie möglich zum Teufel gejagt.

Es hieß, er sei Kommunist gewesen.
Und Osse hatte schon deshalb einen Stein im Brett bei den Jungs, weil er ihnen immer mal heimlich ein paar Finger hoch einzapfte, wenn der alte Kleinschmidt nicht aufpaßte. Wilhelm war sein Name. Kurz Helm genannt.

VII.

«Uns Kreft» verdankte seinen Namen einer Szene, die zum Dorf gehörte wie die Milchkannen auf der Bank neben der Linde, die Omas, die mit der Kiepe am Rücken vom Feld Hasenfutter holten, und die Opas, die im Frühjahr die Obstbäume schnitten, meterweis Holz hackten, im Schuppen aufstapelten oder einfach nur beerdigt wurden, denn die alten Leute starben zumeist im Frühjahr.

Einer Szene, die zum Dorf gehörte wie die übers Feld eilenden Sonnenflecken, wenn die vorm Wind dahintreibenden Wolken aufbrachen, wie die Männer in langen Lederjacken, die ihre Aktentasche an einem Riemen umhängen hatten, wenn sie auf dem Motorrad abends von Arbeit kamen, die gewaltigen Ärsche der Frauen auf den Kartoffelfeldern im Herbst, wie die Kühe, die im Sommer jeden Morgen auf die Weide und abends zurück in den Stall getrieben wurden, wie die Betriebsamkeit um den Dorfbackofen am Samstagmorgen.

Zu den Ereignissen, die immer wiederkehrten, so daß man die Uhr danach stellen konnte, gehörte das Annette, kurz s'Annet-

te, denn alle weiblichen Vornamen in Saumlos begannen mit dem Buchstaben «s»: s'Käthe, s'Elke, s'Annette, das jeden Mittag und jeden Abend zur Essenszeit mit schriller Stimme, die im halben Dorf zu hören war, zum Haus ihrer Schwägerin, Barbara Schott, den stets gleichlautenden Satz rief:
«Iss uns Kreft bie juh, Bärchen, häh?!?»

Das «häh» gehörte in Saumlos zum Fragesatz wie das Amen in der Kirche. Es änderte seinen Sinn je nach der Aussprache. Man konnte es leise sagen, mit einem ungläubigen Unterton. Dann hieß es: «Was du nicht sagst.»
Man konnte es scharf akzentuieren und in die Länge ziehen, dann bedeutete es: «Red keinen Quatsch.»
Man konnte es auch an eine laut durchs Dorf gerufene Frage hängen:
«Henner bolzen se do, häh?!?»
Dann stützte es den Satz akustisch ab.

An diesem Abend war Kreft damit beschäftigt, über seinen Nachbarn Valentin Gutberlet den Jüngeren nachzudenken. Er hatte zu diesem Zweck seinen Schlepper aufgebockt, um die abgefahrenen Reifen gegen ein Paar neuwertige auszutauschen, die er sich bei Osse geliehen hatte. Morgen, nach der Überprüfung des Fahrzeugs durch den TÜV, würde er seine alten Reifen wieder aufziehen.

Was Gutberlets Valltin betraf, so war uns Kreft sich einig mit den anderen Männern im Dorf. Arrogant war er und arbeitsscheu. Der Valltin hatte alles vertan, was ein glückliches Geschick ihm in die Wiege gelegt hatte, und, was am schwersten wog, er nahm keine Lehre an.

Sein Großvater, der ebenfalls Valltin hieß, war in den ersten Nazijahren Bürgermeister gewesen. Später hatte er das Amt abgeben müssen, an Ernst Nachtigall, der bereits Blockwart war. Ortsbauernführer aber war er geblieben und hatte auch nach dem Krieg wieder die Ämter bekleidet, die einem Mann in

Saumlos Respekt verschaffen: Einen Vorsitz hier, ein Vorstandsamt da, vor allem in Vereinen und Genossenschaften.

Daß seine Tochter, s'Anita, im Jahr 1934 einen unehelichen Sohn bekam, tat seinem Ansehen keinen Abbruch. «Kuh mit Kalb» nannte man eine Frau, die ein uneheliches Kind mit in die Ehe brachte, aber nicht in der Absicht, sie herabzusetzen. Es konnte jeder passieren.

Wer Valentins Vater war, wußte man nicht genau. Die Mädchen weigerten sich oft, den Vater zu nennen, weil es ihre Heiratsaussichten schmälerte. War der Vater nicht von hier, so sprach es nicht gerade für das Mädchen, daß es sich mit einem von auswärts eingelassen hatte. War er aber aus der Nachbarschaft, biß so leicht kein Freier mehr an. Wer fühlt sich beim Anblick seines Nachbarn schon gerne ständig an das Kind erinnert, das die Frau mit in die Ehe gebracht hat?

Natürlich gab es Gerüchte, wer den Gutberlets das Kuckucksei ins Nest gelegt habe. Die waren selbst Erich Plauth in seiner Jugend nicht völlig entgangen. Gespräche in der Richtung endeten mit der stereotypen Floskel:
«Aber ich will nichts gesagt haben.»
Sobald jemand daraus die Schlußfolgerung zog, wurde er kurz abgefertigt:
«Das hast du jetzt gesagt.»

Die Tatsachen. Bis Herbst 1933, fünfeinhalb Monate vor der Geburt ihres Sohnes, hatte s'Anita als Dienstmädchen bei dem jüdischen Viehhändler Viktor Katz gearbeitet, der kinderlos mit seiner verschrumpelten Frau in einem der Häuschen gleich hinter der Mauer des Rittergutes lebte.

Solange Kümpels Kreft denken konnte, war Gutberlets Valltin einer von ihnen gewesen. In der Schule, am Fußballplatz, bei den Kirmesburschen, der freiwilligen Feuerwehr und im Männergesangverein. Fast jeder seines Alters hatte noch ein Foto daheim, auf dem er mit Gutberlets Valltin zu sehen war, aus glücklichen Tagen.

Er schien ein Glückspilz zu sein. Wo andere bis ins reife Alter warten mußten, bis der Alte den Hof abgab, hatte er von Anfang an freie Bahn, denn der eigentliche Hoferbe, Anitas Bruder, sein Onkel, fiel als einer der ersten auf dem Polenfeldzug, und sein Stiefvater blieb in Stalingrad. So überschrieb der alte Gutberlet den Betrieb auf den Enkel, bevor er 1964 die Augen für immer schloß.

Nach den Worten von Pfarrer Witzel, der ihn einarmig und angetrunken wie immer beerdigte, hatte der alte Valentin Gutberlet den Pflug aus der Hand gelegt. In Witzels Sprache legte der Schneider die Nadel aus der Hand, ging der Jagdpächter auf die letzte Pirsch, tat der Schmied den letzten Hammerschlag, legte der Koch den Löffel weg, und die Hausfrau beendete ihr Leben in aufopferungsvoller Arbeit für ihren Mann und die Kinder. Für Kreft wie für die meisten Saumloser gab es im Grunde nur zwei Erklärungen für das völlige Versagen, das sie in den letzten Jahren bei Valentin dem Jüngeren bemerkt zu haben glaubten: Entweder die Erbmasse war schuld, oder er hatte nicht den nötigen Willen gehabt, sich etwas aufzubauen, oder beides. Jedenfalls war es unerklärlich.

Uns Kreft dachte nichts Böses, wenn er abends im Gasthaus zum «halben Mond» oder bei seinem Cousin Herbert in der Werkstatt aussprach, was auch die anderen sagten:
«Das nimmt kein gutes Ende mit dem.»

An das Böse brauchte man nicht zu denken. Es geschah wie von selber.

VIII.

Es hatte nach Plauths Erinnerungen in all den Jahren, die seine Familie in Saumlos lebte, nur zwei Selbstmorde gegeben, und das bei fast 500 Einwohnern, einschließlich der Flüchtlinge. Daran mußte er automatisch denken, jetzt bei der Einfahrt ins Dorf, als er sich Osse vorzustellen versuchte, wie er als junger Ehemann ausgesehen hatte.

Es war wohl 1951, Plauth hatte schon ausgelernt, als dort ein Mann in einem jener Bäume hing, die damals an der großen Scheune des Rittergutes standen, wahrscheinlich Linden.

Die waren jetzt auch längst abgeholzt, obwohl sie noch gut im Holz waren. Er roch wie damals den strahlend-blauen Sommertag morgens um Viertel vor sechs. Das war die Zeit zum Aufstehn, wenn Adelheid Plauth die Weißbrote geschmiert, den Kamillentee abgefüllt und den Haferschleim gekocht hatte, denn die Arbeit am Bau war dem Jungen auf den Magen geschlagen.

Er stand am offenen Fenster, wie jeden Morgen, mit einem Bauch voller Haß auf die Schinderei, den Polier und den Meister, denen die Arbeit nicht schnell genug ging und nicht ordentlich genug war, voller Abneigung gegen die Leute im vollbesetzten Zug von Moppes die 35 Kilometer nach Kassel, den Gestank im Zug; zum Kotzen.

Das Dorf kam ihm ungeheuer friedlich vor: Die gewohnten Geräusche vom Rittergut und aus den umliegenden Höfen, wo die Kühe gemolken, das Vieh gefüttert und gemistet wurde; das Geklapper der Milchkannen, Rasseln der Ketten, die Rufe der Schweizer beim Melken, das Zischen.

Das Zischen der Brennlampen, mit denen die Schlepper vorgewärmt wurden zum Anlassen. Er kannte alles und ihm war alles vertraut. Jetzt hatte der alte Buttelstedt, der auf dem Hof als Schweinemeister arbeitete, die Stalltür geöffnet. Jeden Morgen zur gleichen Zeit das Gekreische von drei- bis vierhundert Doggen, Ferkeln und Ebern, als sollten sie allesamt abgemurkst werden.

Da hing an diesem Morgen, als ihm der Todesschrei der Schweine durch Leib und Seele ging, ein Ding im Baum, das aussah wie ein Mensch, und er ging in die Wohnküche, halb angezogen, und sagte:
«Mutter, ich glaub da hängt einer am Hof.»
Sie sagte aber nur:
«Mach hin, sonst verpaßt du den Zug.»
Und sein Vater hatte wie üblich hinzugefügt:
«Mußt ja nicht immer unbedingt auf die letzte Minute kommen.»

So fuhr er weg, ohne nachzuschauen, was es war, und erfuhr, als er von Arbeit kam, daß Anton Sedlazcek, ein etwa fünfzigjähriger Hofarbeiter, Selbstmord begangen hatte. Die Scherereien am «Hof», wie die Saumloser das Rittergut nannten, das Gebrüll des Inspektors, die Schikanen des Verwalters, die harte Arbeit von morgens um sechs bis abends um sechs, danach noch die Arbeit am eigenen Land, und immer der Ärger daheim.

Erich Plauth erinnerte sich an Sedlazcek, der mit Frau und Kindern in einer winzigen Kammer in der alten Polenkaserne gewohnt hatte, die nach dem Krieg voller Flüchtlinge war, und in der früher, vor dem Ersten Weltkrieg und auch zwischen den Kriegen, zur Erntezeit 50 und mehr polnische Arbeiterinnen und Arbeiter auf engstem Raum zusammengelebt hatten.

Gestunken hatte es in Sedlazceks Kammer, und die Frau, die beim Ausräumen half, roch nach Pisse. Das war, als Erich Plauth bei seinem Vater Wilhelm in die Malerlehre ging und die Polenkaserne renoviert wurde. Nie wäre ihm die Idee gekommen, daß ein Tagelöhner so leiden könnte, daß er den Entschluß faßte, sich aufzuhängen. Selbstmord, dachte er oft, ist etwas für bessere Leute.

Der zweite Selbstmord, an den Plauth sich erinnerte, wurde vier Jahre später begangen. Sie hieß Bernadette und war Osses Frau. Er war achtzehn, sie sechzehn, als sie heiraten mußten, wie man in Saumlos zu sagen pflegte; eine Kinderehe. Fünf Monate nach der Hochzeit das erste Kind, 13 Monate später das zweite. Das Kind habe sie sich machen lassen, um von ihren Eltern wegzukommen, behauptete Osse und bezweifelte manchmal, ob es von ihm war.

Das war verständlich. Bei Kleinschmidts einzuheiraten, davon träumten die Mädchen, und vielen erschien die Heirat als Schritt in die Freiheit. Eine Enttäuschung war die Ehe für beide Teile. Die Alten hatten sich eine Schwiegertochter erhofft, die im Haushalt, in der Gastwirtschaft und möglichst auch auf dem Land aushalf, und Osse entwickelte sofort die Erwartungen, die alle männlichen Saumloser hatten, sobald sie heirateten.

Am Ende gab es nur noch Streit. Osse maulte, weil sie sich mit seinen Eltern nicht verstand, die Betten nicht ordentlich gemacht waren, die Kinder weinten und das Mittagessen nicht auf dem Tisch stand, wenn er abends von Arbeit kam. Für Helm und Käthe war die Sache einfach: Die hat wohl geglaubt, sie könnte sich hier ins gemachte Bett legen. Den Tag über nichts tun, und wenn der Mann heimkommt, sich einen vergnügten Abend machen.
Das gabs nicht in Saumlos.

Osse verstand die Welt nicht mehr, die seine Eltern ihm beigebracht hatten. Was hatte das Mädchen nur. Brauchte nicht mehr in den Frisiersalon in Moppes zu gehen, wo sie gelernt hatte, zu Hause zwei hübsche Kinder, einen netten Mann, und eines Tages würde alles ihnen gehören, Osse und ihr. Die Wirtschaft, das Land. Da konnten vier fleißige Hände was draus machen.

Am Abend vor der Tat, als Osse heimkam, lag das Kleine angezogen im Kinderwagen, und in der Diele standen zwei Koffer. Gepackt.
«Fahr mich heim», sagte das Bernadette, «ich will ein paar Tage zu meinen Eltern fahren.»
Manfred Kleinschmidt begriff. Das war das Ende. Ausgerechnet jetzt, wo die Ernte bevorstand, die Kirmes, die Betriebsausflüge aus Kassel, die im «halben Mond» endeten mit gepökeltem Rollbraten, Kraut, Brot und Bons für zwei große Bier. Ausgerechnet jetzt, wo sie das Dach ausgebaut und den Anbau errichtet hatten, um nicht mehr so eng auf den Alten zu sitzen.

Er ging ins Wohnzimmer, wo Helm die Jagdgewehre hängen hatte, und begann herumzuballern. Dazu schrie und randalierte er. «Wenn du gehst, kann ich mich gleich umbringen und die Kinder dazu.» Später fiel er erschöpft ins Bett, nachdem er etwa eine Stunde getobt hatte.

Bernadette hatte sich zu den Schwiegereltern geflüchtet. Es war das erste Mal, daß sie zu den Alten so etwas wie Vertrauen faßte.
Am nächsten Morgen ging Osse zur Arbeit, in der Tasche die Brote, die sie ihm gemacht hatte, als wäre nichts gewesen. Als er am Abend heimkam, hatten sie ihre Leiche gerade vom Dachboden geholt. Abgeschnitten.

Totgearbeitet hatten sich viele in den mehr als zehn Jahren in Saumlos. Hinuntergefallen vom Fruchtboden oder von der senkrechten Leiter an der Scheunenwand. Totgestürzt mit dem Schlepper oder Motorrad. Zu Tode gefressen, gesoffen. Die Feuerwehrleute vor Aufregung tot umgefallen, wenn es wirklich einmal brannte. Die Frauen Kinder gekriegt bis sie tot waren. Gestorben, weil die Ärzte sie falsch behandelt hatten, oder weil sie gar nicht erst hingingen zum Arzt, wenn soviel zu tun war. Die Alten vor Kummer gestorben, weil die Jungen sie in eine Kammer abgeschoben hatten und nicht mehr am Tisch haben wollten, und die Frauen gestorben vor Verzweiflung, weil der Mann sie zu oft verprügelt hatte.

Jedoch richtige Selbstmorde hatte es nur die zwei gegeben, soweit Erich Plauth sagen konnte, in all den Jahren.
Und nun, bald 18 Jahre danach, sollte ein heruntergekommener Bauer der dritte sein; Valltin Gutberlet, den Plauth als Junge gehaßt hatte, weil er ihm oft auflauerte, sich ihm in den Weg stellte, zur Seite sprang, wenn Erich seitlich an ihm vorbei wollte, ihn beschimpfte und verprügelte, sobald Plauth Anstalten machte, zu widersprechen oder gar sich zur Wehr zu setzen. Aber von Gutberlets Tod konnte Erich Plauth noch nichts wissen, denn es war ja erst Freitag.

IX.

Das Unterdorf wirkte verlassen und anders, als Erich Plauth es in Erinnerung hatte. Aufgebrochen, zerrissen, ausgelaufen, nach außen gewandt und zugleich wie zugeschüttet. Dabei nicht heruntergekommen im Äußeren, vielmehr nur zeitweise bewohnt, die Schönheit mutwillig verkleidet, angepaßt, ununterscheidbar, wie ein Ort, der seine Geschichte verloren hat, seine Eigenart, und nur noch für einen vorübergehenden Zweck besteht.

Die alte Straße fiel ihm ein durchs Nüstetal, auf der er damals täglich nach Moppes fuhr, zur Bahn, zu Freunden, zum Tischtennis oder auch nur in die Kneipe. Epochen gabs, die erste Nachkriegszeit bis in die 50er Jahre, da war Moppes die Welt und Saumlos das Dorf. Moppes mit Kino, fünf Gastwirtschaften, dem Vieh- und Jahrmarkt im Frühjahr und der Salatkirmes im Herbst, der Burgruine, den mittelalterlichen Türmen, der Stadtmauer, den Geschäften, drei Ärzten, dem Apotheker und dem Theater- und Musikverein, der einmal im Jahr «Minna von Barnhelm» aufführte oder eine populäre Fassung des «Freischütz».

Ein ehemaliger Provinzredakteur aus Gleiwitz namens Glass war künstlerischer Leiter des Unternehmens, während seine Frau und deren Schwester in den Hauptrollen sangen und spielten. Eines Tages, es muß 1952 gewesen sein, hing bei Glass über der Haustür ein Damenschlüpfer, zum Zeichen dafür, daß seine Damen den Herren von Moppes und Umgebung auch anderweitig gefallen hatten.

Die Straße durchs Nüstetal war ihm eingefallen, die noch 1955 nur einen Belag aus Kalkschotter hatte, in Staub gehüllt, wenn ein Auto kam, der weiße Staub auf den Sonntagssachen, mit Schlaglöchern übersät, in denen bei Regen die Pfützen standen. Das Kalkwasser, wie oft hatte er sich beim Fahrradfahren über die bespritzten Hosen und Schuhe geärgert, wie oft, wenn er nach Kassel ins Theater fuhr oder auch nur nach Moppes, hatte er gemeint, schon seine Hosenbeine müßten den Mädchen verraten, daß er von Saumlos war.

Die Straße, nicht wiederzuerkennen, geteert und verbreitert, als liege da hinten plötzlich ein großer Ort, oder als gäbe es neuerdings Fernverkehr hier. Verschwunden die schönen alten Brücken, die Chausseebäume und Hecken, die Pappeln und Apfelbäume gefällt. Jeden Herbst war man hinausgezogen vors Dorf mit dem Gemeinderechner, der die Bäume versteigerte. Dann kamen die Tage, wo Frauen und Kinder die Straße entlang Äpfel pflückten.

Auch das Unterdorf wirkte jetzt anders. Unvorstellbar, daß hier noch die Mädchen wie früher langsam auf der Straße bummelten, die Jungen verschlungene Wege liefen, um ihnen immer wieder entgegen zu kommen; die Älteren vor den Häusern saßen oder mit breiten Unterarmen auf den Fensterbrettern lagen. Unvorstellbar, daß noch der Schifferklavierspieler auf der Milchbank saß, wenn es dunkel wurde, von der Dorfjugend umlagert.

Eine zerstörerische Macht hatte die Menschen verführt, das Dorf bis zur Unkenntlichkeit zu verunstalten, das Kopfsteinpflaster herauszureißen, Höfe und Straßen einzubetonieren, zu asphaltieren, den Teich zuzuschütten, den Dorfplatz in eine Verkehrsanlage mit Ampelübergang zu verwandeln, die Bäume, Hecken und Gesträuche an der Straße auszureißen, die Fachwerke zu verkleiden, abzureißen, was früher dazu gehört hatte, anzubauen, was nicht dazu paßte.

So wie er die Dorfstraße vor sich sah, aus der Kurve vor Kleinschmidts Saal, wo damals die Backkompanie seines Vaters gelegen hatte, erschien ihm der Prospekt wie aus einem Traum, der mit der Wirklichkeit nur eine entfernte Ähnlichkeit hat, weil aus ihm die Wirklichkeit entfernt worden ist. Erstaunt merkte er, daß auch die Nüste sich entfernt hatte. Sogar ihr Bett hatte sie mitgenommen. Vielleicht war das der Hauptgrund, warum ihm die Straße so breit vorkam.

Klein-Venedig hatten die Dörfler die rechte Straßenseite genannt. Da lief, ein paar Meter vor den Bauernhäusern und Scheunen «die Bach», wie sie sagten, das Bett voller Kieselsteine, sehr flach, mit niederen Holzstegen, die so breit waren, daß ein Heuwagen bequem darüber hinfahren konnte. Jetzt war sie einbetoniert, «die Bach», in einen nach oben hin offenen Schacht, der vielleicht einen Meter breit war und dessen Grund er vom Auto aus nicht sehen konnte.

Der Abschleppwagen bog in einen ehemaligen Bauernhof mit Olympiapflaster, am oberen Ende der Dorfstraße nach Vockerode hin. Schotts Hof, wenn ihn nicht alles täuschte, von dem sein Klassenkamerad Herbert stammte, den sie Knutscher nannten. Hier war die Dorfschmiede gewesen, aber schon die Amis hatten hier ihre Autos repariert, gleich nach 45, als das Dorf besetzt wurde.

Links und rechts vom Hof an der Straße hatten mehrere Wagen geparkt, und auch auf dem Hof waren Autos. Einige Männer standen herum, und Erich Plauth fragte sich, ob sie hier warteten oder einfach nur herumstanden, weil es nichts Besseres gibt, als bei Autos herumzustehen.

Mit einer Kopfbewegung verwies Osse auf den Mann im blauen Overall, der tief gebeugt unter einer geöffneten Kühlerhaube stand, koppelte Plauths Wagen ab und fuhr das Abschleppauto in eine Ecke des Hofes. Das mußte Knutscher sein, der den Kopf leicht hob, ohne Plauth zu erkennen, wie es schien. Mit Schulterzucken und einer Veränderung des Gesichtsausdrucks bedeutete er ihm, zu warten.

Auto hatte kaum einer gehabt im Nüstetal, 1955, als Plauths hier wegzogen, und jetzt gab es eine richtige Reparaturwerkstatt, der man nicht ansah, daß sie nur ein Feierabendbetrieb war. Er schlenderte zu dem roten Backsteingebäude, in das noch die alten Eisenfenster eingelassen waren, und meinte noch einmal den Geruch nach verbranntem Pferdefleisch wahrzunehmen, der über dem Hof lag, wenn die Pferde beschlagen wurden.

Der alte Schott, der Geselle und Herbert, der damals noch lernte, standen im Dreieck um den Amboß herum, mit der einen Hand hielt der Alte eine lange Zange in die Glut, mit der anderen zog er an der Kette, die von dem großen, ledernen Blasebalg unter der Decke herabhing, um die Glut anzufachen. Riß das glühende Eisen aus der Esse, stieß es kurz in das laut aufzischende Wasserbecken und hielt es dann auf den Amboß.

Im Kreis schlugen sie zu, die drei, einen leichten, hellen Schlag auf den Amboß, nur angetippt, und einen dunklen, schweren Schlag auf das Eisen, mit einem schweren Hammer die beiden Alten, mit einem kleineren Plauths Freund Knutscher. Es klang wie Musik und wirkte ganz leicht.

Zwanzig Minuten später wußte Plauth, daß alle männlichen Einwohner von Saumlos ein eigenes Auto besaßen und daß an seinem Fahrzeug das Quergetriebe in der Hinterachse zerbrochen war. Es war Freitagnachmittag, am Abend sollte die Kirmes beginnen, am Samstag wollten Schotts Heu fahren, am Sonntag wurde nicht gearbeitet, aber am Montag, da würde Knutscher, der Erich Plauth immer noch nicht erkannt hatte, während Plauth gewisse Ähnlichkeiten mit dem Herbert von früher bemerkt zu haben glaubte, das Ersatzteil mitbringen, und so konnte er, wenn alles gut ging, am Dienstagmorgen weiterfahren.

Plauth machte sich auf ein entdeckungsreiches Wochenende gefaßt. Er war fest entschlossen, seinen Erinnerungen nachzugehen, um sie ein für allemal vergessen zu können.

Vor der Währung hatte es überhaupt nur drei Autos gegeben in Saumlos: Den Wanderer des Grafen Trümbach, der unbenutzt in der Remise stand, weil der Graf als Nazi in einem Lager der Amis saß, den Vorkriegs-VW des Gutsverwalters, der ebenfalls ein Nazi war, aber schon seit 1947 wieder Dienst tat, weil er für die Ernährung gebraucht wurde, und den alten DKW des Veterinärs Dr. Knoll, der zwar auch der Nazi-Partei angehört hatte, aber als Tierarzt unentbehrlich war.

X.

Zu den Zwangsvorstellungen, die Valentin Gutberlet heimsuchten, gehörte auch diese: Alle Leute im Dorf wußten, was er dachte und tat, so heimlich es auch geschehen mochte. Sie wußten, was er aß und trank, wann er aufstand oder zu Bett ging, quer über den Hof aufs Plumpsklo mußte, sie wußten, daß er es satt hatte, alleine zu leben und sich eine Frau wünschte, wie alle Männer seines Alters und Standes. Sie wußten sogar, daß er abends im Bett wie ein Wilder masturbierte, wobei er sich reihum die jungen Frauen von Saumlos vorstellte und auch vor einem Ehebruch oder einer Verführung Minderjähriger nicht zurückschreckte.

Zuweilen fragte er sich, ob er sich und die anderen Saumloser nur träumte; ob die anderen wirklich waren, während er nur in ihrer Vorstellung existierte; ob er selber in Wirklichkeit lebte und die anderen nur in seiner Phantasie, oder ob nicht alles, was Saumlos war, lediglich in Gedanken eines überragenden Wesens bestand.

Nach innen blicken mochte er dagegen nicht. Da sehe es mit Sicherheit ganz schrecklich aus, sagte er manchmal. Eingegraben hatte er alles, was ihm gehörte, und er bemühte sich krampfhaft, nicht hinzuschauen, aus Angst, es möchte ihm Angst machen. Losgelöst und befreit aus dem Gewirr seiner Eingeweide, Organe und Därme würden entsetzliche Gedanken, wüste Worte, üble Beschimpfungen und grausame Untaten hervorbrechen. Deshalb sperrte er es ein.

Also wirkte auch sein Äußeres abstoßend auf die Leute. Das aschblonde Haar schmutzig, bis über den Kragen und struppig, die braungegerbte Haut von tiefen Falten zerfurcht, trotz seiner erst vierzig Jahre, und hager die Gestalt. Seine Kleidung war schlampig, die Jacke zu groß und ausgebeult wie die Hose, die Schuhe ausgetreten.

Dabei hatte sich alles so gut angelassen.
In der Dorfschule war er der Beste seiner Klasse, die die Jahrgänge eins bis vier umfaßte, und kam auf die Realschule nach Kassel. Danach lernte er Kaufmann bei Köhne und Thöne. Sein Opa hätte es lieber gesehn, wenn er weiter die Schule in Saumlos besucht und Landwirtschaft gemacht hätte, denn schließlich sollte alles einmal ihm gehören. Aber der Lehrer ließ nicht locker: «Der Junge muß auf die Schule. In die Landwirtschaft kann er immer noch gehn.»

Nach Feierabend und an den Wochenenden half auch er auf dem Feld, denn schließlich sollte alles einmal ihm gehören. Den Urlaub nahm er in drei Raten. Die erste für die Frühjahrsaussaat, die zweite zur Heuernte und die dritte, wenn die Frucht abgemacht wurde. Den Rest des Urlaubs verteilte er über das Jahr. Ein paar Tage für die Kirmes, einen zum Dreschen, zwei oder drei für die Kartoffelernte und so weiter.

Er war ein guter Junge, den jeder gern hatte. Sein Hausname war Zechmann. Zechmanns Valltin sein Jung, wie er genannt wurde, gehörte den wichtigsten Vereinen an, wo er meist Kassierer oder Schriftführer war, da er gut rechnen und schreiben konnte. Auch sonst war er gefragt, in Behördensachen, Rechtsangelegenheiten und sogar politischen Fragen.

Von den Mädchen hielt er sich fern, so daß die einen sagten, er sei noch Jungmann, vielleicht sogar etwas andersherum, während die anderen hinter vorgehaltener Hand flüsterten, er bevorzuge verheiratete Frauen. Das war nicht unklug von ihm. Mit einer verheirateten Frau ein uneheliches Kind zu zeugen ist schwieriger, als ein eheliches mit einer unverheirateten.

Als er 26 war, verbrachte er einige Wochen in einer Nervenheilanstalt. Die einen glaubten, er sei ernstlich krank gewesen und vermuteten, er habe sich überarbeitet, doch andere meinten, er habe sich nur verstellt, um ein paar Wochen auszuspannen.

Als er zurück kam, war er verändert. Dort, in der Anstalt, habe man ihm seine Persönlichkeit geraubt, sagte er, aber keiner glaubte ihm. Er fühle sich oft wie ein Faß, das auslaufe, sagte er auch, das war den Saumlosern zu hoch. Als er die gut bezahlte Arbeit bei Köhne und Thöne aufgab und nur noch in der Landwirtschaft arbeiten wollte, gewannen jene Stimmen die Oberhand, die behaupteten, er habe nur keine Lust zu schaffen.

Langsam entwickelte sich in ihm die Zwangsvorstellung, die Saumloser versuchten ihm vorzuschreiben, was er zu tun und zu denken habe. Solange der Großvater noch lebte, hielt er es aus; die Oma war schon Mitte der fünfziger Jahre gestorben, rasch gefolgt von ihrer Tochter, seiner Mutter. 1964, als der Großvater starb, übernahm er den Hof. Fortan bemühte er sich, das Gegenteil von dem zu tun, was die Saumloser dachten und taten.

Säte sein Korn im Mai, verlegte die Kartoffeln im Juni, ließ im Juli das Heu verfaulen, fuhr im August in den Wald zum Holzschlagen, machte im September die Frucht ab, fuhr im Oktober Jauche aufs Land, ging zur Kartoffelernte im November und kriegte, wie um die Saumloser zu ärgern, seine Futterrüben noch im Dezember heim, weil der Frost erst im Januar anfing.

Da konnten die Saumloser nur mit dem Kopf schütteln, wie er sein Wohnhaus herunterkommen ließ und nicht einmal die Straße kehrte. In keinen Verein ging er mehr, ließ die Fenster den ganzen Winter offen, Tag und Nacht. Selbst das Dach reparierte er nicht, so daß es hereinregnete und er im ersten Stock Schüsseln und Eimer aufstellen mußte, um das Wasser aufzufangen.

Langsam vergaß er die Saumloser, sah sie nicht einmal mehr, hörte nicht ihre Reden, und sogar die Dinge verloren ihr gewohntes Aussehen. Manchmal, wenn er die Küche betrat, wo er auf einer Holzbank mit alten Zeitungen und Decken sein Lager hatte, bildete keine Ecke des Zimmers einen rechten Winkel. Die Straßen im Dorf und die Feldwege schienen unter ihm wegzusinken, so daß er Angst hatte zu fallen, oder sie kamen ihm entgegen, so daß er das Gefühl hatte, sein Körper schiebe sich ineinander.

Nur wenn er durchs Dorf ging, um etwas einzukaufen, hörte er die Stimmen der Saumloser, wie sie hinter ihren Küchenfenstern oder in ihren Kuhställen saßen und über ihn redeten. Sie wußten immer noch, was er dachte und tat, obwohl er sich nun seit neun Jahren bemühte, das Gegenteil davon zu tun und sich mit der Sauferei schon völlig ruiniert hatte. Jetzt wünschte er sich manchmal einen Tod. Dann standen alle um ihn herum, im Kreis, die Hände voller Steine, und marterten ihn mit Blikken.

XI.

Befreit von dem lästigen Zwang, die Dinge lückenlos und der Reihe nach zu erleben, schlenderte Erich Plauth mit Köfferchen und Reiseschreibmaschine zur Gaststätte «Zum halben Mond» hinüber. Seit er die zwanzig Minuten wartend bei den anderen Männern vor Knutschers Reparaturwerkstatt gestanden hatte, war ein Gefühl der Zugehörigkeit in ihm aufgestiegen, als brauchte er die Leute von Saumlos nur fest genug zu lieben, um von ihnen geliebt zu werden.

Ziesche Helm, Osses Vater, hatte sich unter dem Kugelbaum in einer Ecke des Hofes breitgemacht und trank ein großes Bier. «Waren Sie schon einmal in Saumlos, Herr Plauth?» fragte er, als sei es erforderlich, schon einmal in Saumlos gewesen zu sein. Sein Bauch lag beim Sitzen auf den Oberschenkeln, und das stark in die Breite zerlaufende Gesäß hing zu beiden Seiten des Stuhls herab. Ganz der Vater, den Erich Plauth auch noch gekannt hatte, mit feisten, kurzen Armen und fünf Daumen an jeder Hand.

«Vor mehr als zwanzig Jahren, ja», antwortete Plauth, «als Junge. Zu Besuch bei einem Bruder meines Vaters. Ein gewisser Plauth, Malermeister. Ich weiß nicht, ob Sie ihn gekannt haben.» Das war eine rhetorische Frage, denn natürlich mußte Ziesche Helm ihn gekannt haben. Der Wirt schien einen Moment lang zu überlegen, dann nickte er mit dem Kopf, als habe er eine dunkle Erinnerung, und sagte mit erhobenem Zeigefinger:
«Malermeister, male mir, über meiner Stubentür, meiner Frau

zum Trotze, eine schöne lange Fuhrmannspeitsche muß ein Junge haben, wenn er will nach Leipzig fahren.»
Er stockte, dann fuhr er fort:
«Denn dort gibt es viele Brücken, da kann man gut drunter frühstücken.»

Er lachte meckernd. Erich Plauth fühlte sich wieder als Adelheid, wie er damals geheißen hatte, als sie bei Kleinschmidts die Malerarbeiten machten und der alte Ziesche ihn fast täglich mit diesem Spruch begrüßte. Er lächelte ein wenig und setzte sich.

Nur einmal im Jahr gab es ein anderes Lied über die Plauths, wenn die Kirmesburschen mit der Blaskapelle auf dem Leiterwagen durchs Dorf fuhren und die Ständchen brachten. Steif vor Stolz, wenigstens einmal dazu zu gehören, standen Vater Plauth und seine zwei Söhne vor der Haustür und hörten sich die Musik an, während Adelheid Plauth ihr Portemonnaie suchte.

Dann bröckelte das disharmonische Blech ab, Vater Plauth gab dem Kirmesvater zwei Mark und erhielt dafür einen Klaren. Nach dem Trinken schüttelte er sich, machte «Brrr!» und sagte: «Das tut gut.»
Schnaps auf nüchternen Magen konnte er auf den Tod nicht vertragen.

Der Baum, unter dem sie saßen, hatte Plauth schon beschäftigt, als er noch ein Junge war. Der Stamm war bis in zwei Meter Höhe stark gewachsen, darüber aber bildeten mehrere aufgepfropfte Stämmlinge die verwegensten Verschlingungen, als habe jemand aus unordentlichen Ästen einen aufstehenden Zopf zu flechten versucht.

Generationen längst verstorbener Gärtner hatten den Baum durch immer neue Okulationen und Aufpfropfungen verstümmelt und zugleich zu den aberwitzigsten Wachstumsvorgängen erzogen, so daß er eines Tages angefangen hatte, eine gewaltige

Kuppel zu bilden, deren Inneres genau dem Äußeren entsprach und die Schönheit eines Bauwerks von Brunelleschi hatte.

Nun war er fertig; man könnte, dachte sich Plauth, vielleicht seine tief herabhängenden Zweige etwas kappen, aber an seinem Aufbau war nichts mehr zu ändern. Man konnte ihn nur noch lassen wie er war, oder ihn fällen und einen neuen Baum an seine Stelle pflanzen, mit einem natürlich gewachsenen, geraden Stamm bis oben hin. Jahrzehnte würde es dauern, bis der neue Baum einen so kräftigen Stamm und eine so große Krone hatte, und vielleicht würde er nie einen so schönen Schatten spenden wie dieser.

Überall vor den Häusern hatten früher solche Bäume gestanden. Sie waren eines der Wahrzeichen von Saumlos gewesen. Jetzt war er der letzte seiner Art. Man glaubte im Dorf, sie paßten nicht zu den modernen Fassadenverkleidungen und Bungalows, die an Stelle der alten Häuser standen.

Auf dem Platz waren die Kirmesvorbereitungen in vollem Gange. Die Kirmesburschen legten letzte Hand an das Zelt, brachten den Brauereiwagen in Position und schlossen ihn an, stellten Tische und Bänke auf, wuschen die Gläser vor und dekorierten den Tanzboden mit frischen Birkenzweigen. Dazu donnerten aus Autoradios die neuesten Schlager über den Platz. Manches war wie vor achtzehn Jahren, aber vieles war auch so fremd wie in einem anderen Land: Die Autos, das Zelt aus glitzernder Plastikplane, die Schlager, die so anders klangen als in seiner Jugend.

Draußen vor dem Zelt stellte der Losverkäufer seine Gewinne auf: die Kartons mit den Trostpreisen, den kleinen Schraubenziehern, Gummibären, Fallschirmspringern in Plastiktütchen und anderlei Nutzlosigkeiten – vor allem aber die Hauptgewinne an der Rückwand, die Sektflaschen, überlebensgroßen Teddybären und das Kaffeeservice für sechs Personen.

An der Schießbude fanden die ersten Wettbewerbe statt, wobei es erfahrungsgemäß darum ging, wer die nächste Runde bezahlt, und sanft wehte ein Geruch von gegrilltem Kasseler und Bratwürsten herüber. Wenn die Kirmes am Freitagabend begann, war sie für die Kirmesburschen schon fast zu Ende. Seit Monaten hatten sie getagt, um die Vorbereitungen zu treffen. Bei diesen Sitzungen, auf denen einige hundert Liter Bier getrunken wurden, pflegte der Kirmesvater seine Freunde mit «Sie» und «Meine Herren» anzureden.

Mit der Errichtung des Kirmesbaums wurden die Vorbereitungen für ganz Saumlos sichtbar. Ein Kirmesbursch, der jetzt keinen Urlaub mehr zu kriegen hatte, meldete sich krank. So weit hatte Erich Plauth es nie gebracht. In Saumlos Kirmesbursch zu sein, setzte die Fähigkeit voraus, mindestens eine Woche lang nicht zu schlafen, fünfzig Schoppen Bier und noch einmal soviel Schnäpse zu trinken pro Nacht und das alles aus eigener Tasche zu bezahlen.

Das eigentliche Fest dauerte vier Tage. Am Montag ab elf gab es Freibier, um die Reste wegzuschaffen, und die Würstchen wurden zum halben Preis verkauft.

Am gemütlichsten war es am Freitag, wenn das Zelt halb leer war. Da saßen fast nur Saumloser beisammen, auch die Älteren, feierten bis in die Morgenstunden und machten sich anschließend gleich in den Kuhstall. Kirmes in Saumlos, das bedeutete Burgfrieden, Schnaps und Bier in großen Runden, eine Theke, vor der dichtgedrängt hundert Leute standen, und alle waren vom selben Stamm. Da sahen sich Nachbarn, die sich das ganze Jahr über nicht trafen.

Kirmes in Saumlos war das Gekreische der Frauen, wenn die Männer eine anzügliche Bemerkung machten oder ihnen klatschend auf den Hintern schlugen; roch nach umgeschüttetem Bier, durchgeschwitzten Hemden und Blusen, nach Kotze an den Büschen und Pisse bei den Behelfsklos; war das Hacken und Dröhnen der Kapelle, die man bis Vockerode und Klein-Calden hören konnte, das Stimmengewirr im Festzelt in den Tanzpausen, war ein Sonnenaufgang über dem kippenbesäten Festplatz, der dort, wo die Wiesen begannen, mit Präservativen verziert war, der Duft nach Feldern, Gesang der Vögel, Frühnebel und das zerbrechliche Morgenlicht auf dem Heimweg nach der durchfeierten Nacht.

An diesem Freitag im Juli 1973, als Erich Plauth das erste Mal seit 18 Jahren wieder auf einer Kirmes war – mit jedem Meter, den er dem dröhnenden Zelt näher kam, beschleunigten sich seine Schritte, wurde seine Gier größer, rasch da zu sein, sein Gang leichter und beschwingter, dann schlug ihm die schwüle Hitze des Zeltes entgegen, empfing ihn wieder diese Stimmung wie eine brodelnde Masse, die ihm Angst machte und ihn zugleich unwiderstehlich aufsog, das Bedürfnis, den Männern die klobigen Hände zu drücken und auf Schultern zu schlagen, die schwerleibigen Frauen beim Tanz zu umarmen, das Gefühl, so rasch wie möglich einige Bier in sich hineinschütten zu müssen, um sich eins fühlen zu können mit den anderen, die endlich einmal wie eine große Familie waren; seine alte Sehnsucht –, in dieser Nacht ereignete sich in Saumlos der Tod, den die alte schwerhörige Annette Kümpel eine Woche zuvor von ihrem Schlafzimmerfenster vorausgesehen hatte.

XII.

Gerd Sangmeister war 40 Jahre alt und galt als tüchtiger Beamter. Ein sportlicher, gut aussehender Typ mit einer Vorliebe für wollene Hemden, Lederjacken, prall sitzende, knitterfreie Hosen, Mokassins und schnelle Autos. Sein forsches Auftreten kontrastierte merkwürdig mit einem kleinen Fehler, den er hatte.

Da er keine Namen behalten konnte und mit den Namen, die er in seinem Notizblock vermerkte, zuallermeist auch keine Vorstellungen verband, brachte er immer alles durcheinander. Leute, die tatverdächtig waren, verwechselte er mit solchen, gegen die nichts vorlag, oder er vernahm einen Zeugen versehentlich schon zum dritten Mal ergebnislos, während er einen anderen, der sachdienliche Aussagen zu machen hatte, vergaß.

Die Menschen, die von seinen Ermittlungen betroffen waren – Täter, Opfer, Zeugen, selbst seine Mitarbeiter – reagierten darauf mit wachsender Verunsicherung, so daß ausgerechnet dann, wenn die allgemeine Verwirrung am größten war, die Lösung des Falles fast automatisch erfolgte, sehr zur Verblüffung aller Beteiligten.

Erich Plauth und Gerd Sangmeister kannten sich, seit sie Kinder waren. Auf dem Konfirmationsfoto war Sangmeister der hübsche, hochgewachsene Junge mit den blonden Locken und dem Baby-Gesicht. Er stammte aus Saumlos, hatte da die Tochter des Försters geheiratet und wohnte jetzt in Moppes. Wie üblich am Samstagmorgen haderte Sangmeister in Gedanken mit seiner Frau, die sich vor einigen Monaten einer Frauengruppe angeschlossen hatte. Sie tagte jeden Freitagabend unter Ausschluß der Freunde und Ehemänner in der etwa 20 Kilometer entfernten Kreisstadt.

In der scheinbar geordneten Welt der betroffenen Männer rief die Bildung der Gruppe unterschiedliche Reaktionen hervor. Die meisten verrieten durch gelegentliche Äußerungen, daß das Ereignis sie doch beunruhigte. «Also ich finde es falsch, daß die Männer überhaupt keinen Zugang haben.»

Die Phlegmatiker versuchten den Ernst der Lage herabzuspielen:
«Also ich gönne meiner Frau den Abend einmal die Woche. Mal auftanken und mit anderen Leuten sprechen. Sonst wird man ja rammdösig, den ganzen Tag die Hausarbeit, die Kinder,

den Garten, und ich bin abends auch die wenigste Zeit daheim. Da kommt sie wenigstens mal unter die Leute.»

Einige bullerten offen los, wenn Sangmeister, der viel rumkam im Kreisgebiet, sie zufällig traf. «Eine Zeitlang gucke ich mir das noch an, dann gibt's Krach. Meine Frau ist dermaßen aggressiv; seit sie jeden Freitag da hinrennt, ist die ja kaum noch ansprechbar. Also mir langt's bald.»

Die meisten schwiegen bedrückt, als hätten sie ein schweres Unglück zu tragen, über das man nicht spricht, um nicht bemitleidet zu werden. Gerd Sangmeister frugen sie gelegentlich um Rat, aber er wußte auch keinen. Was war nur in die Frau gefahren. Einen so entgegenkommenden Mann wie ihn konnte sie mit der Lupe suchen.

Sie besaßen ein schönes Haus in Moppes, hatten drei nette Kinder von sechs, zehn und zwölf Jahren, einen modernen Haushalt und einen großen Garten. Nicht einmal zu arbeiten brauchte sie, denn Sangmeister hatte schon gleich, als das erste Kind kam, darauf bestanden, daß sie die Arbeit aufgab. In letzter Zeit hatte sie zwar öfter gemeint, sie wolle wieder anfangen, aber das kam gar nicht in Frage.

«Hör zu», sagte Sangmeister in seiner ruhigen Art, «das lohnt sich doch gar nicht. Dann mußt du den Führerschein machen, wir brauchen einen zweiten Wagen, und wer soll den Haushalt versorgen, die Kinder und den Garten? Das macht dir doch auch Spaß, oder?»

Er wußte sich keinen Rat. Im Bett war er gut, so daß sie manchmal leise stöhnte: «Hör auf, du machst mich ja noch kaputt.» Wenn sie das sagte, spürte er deutlich, wie gut er war als Mann und daß sein Schwiegervater Recht gehabt hatte, als er vor vielen Jahren einmal sagte:
«Wenn eine Ehe kaputt geht, geht sie im Bett kaputt.»

Gerd Sangmeister hatte den Spruch beherzigt, die ganzen Jahre. Eine Frau muß von Zeit zu Zeit kräftig durchgevögelt werden. Aber selbst damit haperte es in letzter Zeit. Immer häufiger behauptete Frau Sangmeister in beleidigender Offenheit, es mache ihr keinen solchen Spaß mehr wie früher, oder sie sei müde.

Und nun auch noch der Freitagabend. Das war früher sein Abend gewesen. Seit Frau Sangmeister Frauengruppe hatte, ging er freitags immer seltener weg, hockte ein paar Stunden lustlos vorm Fernsehen, schlug sich den Bauch voll und ging früh zu Bett. Wenn sie dann um zwölf oder halb eins heimkam, stellte er sich schlafend und lag lange wach, während ihre ruhigen Atemzüge ihm zeigten, daß sie schon eingeschlafen war.

Er ärgerte sich über ihr Trällern, ihren beschwingten Gang und den leichten Geruch nach Kneipe, mit dem sie heimkam, als hätte er nicht stundenlang auf sie gewartet. Am nächsten Morgen war er mißmutig, die Wohnung schien ihm schlecht aufgeräumt, das Klo unsauber, im Wohnzimmer standen noch seine leeren Bierflaschen vom Vorabend, und der Aschenbecher war auch nicht geleert.

Rasch zog er sich an, schlang stehend eine Scheibe Brot hinunter und ging in die Garage, ohne ihr etwas zu sagen. Sollte sie zusehen, wo er war, wenn sie aufwachte. In den Morgenstunden hatten Kirmesbesucher in Saumlos auf dem Heimweg einen Mann entdeckt, der offensichtlich Selbstmord begangen hatte. Eine reine Formalität, die nicht viel Zeit beanspruchen würde.

XIII.

Um diese Tageszeit, morgens kurz nach acht, war Silke Malfatti, die einzige Tatzeugin, beim Haarewaschen. Die genaue Tatzeit hätte auch sie nicht nennen können, aber es dämmerte schon, als die Sache passierte. Sie stand etwa fünfzig Meter von der Milchbank entfernt gegen einen dicken Baum gelehnt und beobachtete an Osses linkem Ohr vorbei, wie zwei Männer einen dritten herbeischleppten.

Die beiden meinte sie an ihrer Kleidung zu erkennen, und als die zwei einen Augenblick innehielten und der Schein der Straßenleuchte auf sie fiel, war sie sicher, Kreft Kümpel und Herbert Schott erkannt zu haben.

Hören konnte sie nichts, denn Osse stöhnte laut und kurzatmig direkt an ihrem linken Ohr. Sie hatte den Schlüpfer abgestreift und den Rock hochgeschlagen. Den Hintern hielt sie etwas gesenkt und nach vorne geschoben, so stand sie breitbeinig, die Knie etwas angewinkelt, und spürte, wie er sein Glied in ihr bewegte.

Sie schwieg in sich hinein, spürte die Feuchtigkeit zwischen den Beinen, hörte das Schlotzen und Flutschen in ihrem Unterleib und lauschte den Vögeln, die eben zu zwitschern begannen. Zuerst hatte sie sich hingelegt, die Beine geöffnet und ihm das Geschlecht entgegengereckt, wie die Männer es von ihr erwarteten, aber er hatte mit träger Zunge gesagt:
«Stell dich hin, an den Baum da, sonst mach ich mir noch die Knie schmutzig.»

Sie war wieder aufgestanden mit gleichgültigem Gesicht und stoischen Bewegungen. «Wie du willst.» Er stolperte mehr als er ging, und einen Moment lang sah es aus, als werde er hinfallen, so besoffen war er. Dann stand er vor ihr, sie umfaßte ihn, zog ihn an sich, packte mit der Linken sein Haar und legte seinen Kopf auf ihre Schultern, um den Bierdunst nicht ins Ge-

sicht zu bekommen, nahm mit der Rechten sein Glied, führte es ein und sagte:
«Nun mach schon, Manfred.»

Auch das ohne erkennbare Gemütsbewegung, gerade so wie man ein Brot vom Tisch nimmt, um sich eine Scheibe abzuschneiden.
Der Beischlaf war ihre Methode, sich anzupassen und Anerkennung zu finden.

Die Männer hoben den Leblosen auf die Milchbank und stiegen hinauf. Einer stellte sich mit dem Rücken zum Baum und half dem anderen, auf seine Schultern zu klettern. Es kam ihr vor, als versuchte er einen Ast abzubrechen, bestimmt wieder so eine Kirmeslaune. Vorhin im Zelt machten die zwei zwar einen angetrunkenen Eindruck, wirkten aber noch ganz vernünftig.

Manfred Kleinschmidt ächzte und rammelte, aber sie war nicht sicher, ob er nicht schon schlief. Einmal nahm sie seinen Kopf in beide Hände und schaute ihn an. Er hatte die Augen fest geschlossen und schien zu sprechen. In seinen Mundwinkeln war etwas Gelbliches angetrocknet, vielleicht Speichel, und das Stöhnen kam tief aus der Kehle.

«Ist ja gut, mein Kleiner», sagte sie leise, «streng dich nicht so an. Komm, wir hören auf. Das gibt nichts mehr heute.» Er schien ihre Worte als Aufforderung zu begreifen, stieß kräftiger zu, so daß sie mit dem Rücken gegen den Baum fiel. Dabei öffnete er die Augenlider etwas und sie sah, daß er die Pupille ganz nach oben weggedreht hatte. Sie machte sich steif, um nicht noch einmal gegen den Stamm gestoßen zu werden, und sofort wurden seine Stöße wieder kürzer.

Sie war es gewohnt, so behandelt zu werden. Sie war überall dabei, wo Männer sich trafen, und die Männer in der Umgebung wußten, daß sie immer bereit war, einen dranzulassen.

Manchmal feierte sie als einziges Mädchen mit sechs, acht Männern auf einer Hütte, wo ein Grillfeuer brannte, ein 30-Liter-Fäßchen bereit stand, und oft mußte sie alle der Reihe nach befriedigen, wie sie kamen, den einen von vorne, den anderen von hinten, und den dritten mit der Hand.

Es machte ihr nichts aus, wenn die Männer an der Theke im Chor riefen:
«Silke, Silke, eijeijeijei!»
Die Frauen im Dorf blickten ihr verächtlich nach, und auch das machte ihr nichts aus. Manchmal empfand sie einen kleinen Triumpf, wenn sie daran dachte, daß es kaum einen Mann im Dorf gab, der nicht an ihrem Fenster geklopft oder mit ihr auf den Liegesitzen im Auto gelegen hatte.
«Du bist ja nicht einmal eine richtige Frau», dachte sie dann über die andere, die ihr nachgeblickt hatte.

Tagsüber ging sie als angelernte Arbeiterin im Zweigwerk eines Elektrokonzerns schaffen, wo sie mit einem winzigen Lötkolben Drähte verlötete. Ihren Namen verdankte sie einem italienischen Eisdielenbesitzer aus Kassel, mit dem ihre Mutter in erster Ehe verheiratet war und drei Kinder gezeugt hatte, die jetzt auch schon erwachsen waren. Zusammen mit der Mutter, dem Stiefvater und den drei kleinen Kindern aus zweiter Ehe bewohnte sie eine abbruchreife Klitsche, die früher der Gemeinde als Armenhaus gedient hatte. «Klein-Chicago» nannten die Saumloser die Ecke.

Vor zwölf Jahren, als sie hierherzogen, hatte der Stiefvater, ein gewisser Stanitzek, große Rosinen im Kopf gehabt. Eine Mietwagenfirma wollte er aufmachen, später eine Hundezucht. Im Laufe der Jahre hatte sich die Meinung im Dorf gegen ihn gekehrt. Am Haus hatte er nichts gemacht, den ganzen Tag hing er am Küchenfenster, tat nichts, trank einen Kasten Bier am Tag und lebte von Sozialunterstützung.

Die Kinder hatten es schwer. Wann immer etwas gestohlen wurde oder eine Fensterscheibe kaputt ging, waren das bestimmt wieder die aus «Klein-Chicago». Nicht einmal die Frau erfuhr Mitleid. Zweimal am Tag, morgens um sechs und nachmittags um vier, fuhr sie die sieben Kilometer mit dem Fahrrad nach Moppes, wo sie mehrere Putzstellen hatte, und auch die drei Kleinen waren immer ordentlich gekleidet. Es nutzte ihr wenig.

Der eine Mann stieg jetzt von den Schultern des anderen herab, und auch Osse bohrte etwas heftiger, als ginge ihm doch noch einer ab. Gemeinsam zogen sie den Leblosen hoch, stellten ihn auf die Beine, der eine machte eine Bewegung, als ziehe er etwas herab, machte sich am Kopf des Leblosen zu schaffen, dann griff er wieder mit beiden Händen nach oben, tat so, als ziehe er an einem Glockenseil. Endlich traten die Männer zurück, betrachteten ihr Werk, und auf einmal sah es so aus, als hätten sie einen Menschen aufgehängt.

Vielleicht wäre sie hingegangen, um sich die Sache genauer anzusehen, obwohl auch sie ziemlich betrunken war, aber das ging jetzt unmöglich. Sie mußte Osse unter die Arme greifen, der zappelnd an ihr herabrutschte. Sie sah gerade noch, wie die beiden Männer Richtung Oberdorf gingen.

Später ging sie mit Osse zum Festplatz zurück. Einmal drehte sie sich um. Der Leblose hing immer noch da und schien etwas zu schwanken. Sie hatte ihren Arm um Osses Rücken geschlungen und trug ihn fast. Er hatte seine Hand in eine ihrer Brüste verkrallt und lallte:
«Silke, du hast viel schönere Titten als meine Alte.»
Ins Zelt gingen sie getrennt. Es war schon hell draußen, als unter den wenigen Gästen, die noch da waren , das Gerücht aufkam, Zechmanns Valentin habe sich an der Milchbank erhängt. Wenn das so war, tat sie besser daran, nichts zu sagen: Man würde ihr sowieso nicht glauben, und es ersparte ihr viel Ärger.

Vor allem das. Und überhaupt. Wer war das überhaupt. Einer der wenigen, mit denen sie nicht einmal ins Bett gegangen wäre, um sich nicht unbeliebt zu machen.

Sie schlug sich ein Handtuch um den Kopf, nahm einen Schluck aus der Bierflasche, die sie ihrem Stiefvater abgestaubt hatte, hob die Flasche zur Decke und murmelte:
«Friede deiner Asche!»

Jetzt erst mal ein paar Stunden schlafen und dann ins Bett.

XIV.

Die Nachricht von Zechmanns Valentins Tod verbreitete sich in Saumlos wie üblich.
Die ersten Meldungen vom Tage, die natürlich die letzten vom Vortage sein können, verbreiten sich strahlenförmig von der Milchbank aus, und zwar morgens etwa ab sechs Uhr dreißig, wenn die drei Landwirte und elf Nebenerwerbsbauern die Milch vom Morgen und vom Vorabend angeliefert haben.

Damit waren 14 Haushaltungen über die wesentlichen Umstände des Todesfalls informiert und wußten schon im Verlaufe des Morgenkaffees, was sie davon halten sollten.

Nun gab es mehrere Wege zur Weiterverbreitung, Ergänzung und Veränderung der Nachricht. Einige dieser Nachrichtenwege waren zum Beispiel: Zwischen den Gehöften, die eine gemeinsame Hofreite mit einer imaginären Grenzlinie hatten, von Misthaufen zu Misthaufen, von Stalltür zu Stalltür, von Fenster zu Fenster. Beim Salatstechen über den Gartenzaun, beim Fleischholen aus der gemeinsamen Gefrieranlage im DGH, am Lager der Raiffeisengenossenschaft, im EDEKA-Laden.

Da es selten mehr als zwei Gesprächspartner gab, kursierten die Nachrichten unsichtbar wie Wind, der wandert. Niemand huschte eilig von Haus zu Haus, nirgends bildeten sich Gruppen, die das Ereignis diskutierten. Wer niemanden hatte, der mit ihm sprach, würde erst davon erfahren, wenn die Todesnachricht im Gemeindeboten stand.

Als Sangmeister, der in Saumlos Rüppel genannt wurde, hier eintraf, gab es bereits mehrere Versionen über die letzten Stunden im Leben des Valentin Gutberlet. Gerd Sangmeister entschied sich für die folgende: Etwa um zwei Uhr früh war Gutberlet so voll, daß er vor der Theke zusammenbrach. Er wurde daraufhin am Rand des Festplatzes auf die Platte eines umgekippten Kirmestisches gelegt, damit er von unten nicht so feucht wurde. Um die nach oben ragenden Tischbeine wurde ein Seil gespannt, damit niemand drauftrat.

Das alles geschah unter Beteiligung einer Menschenmenge, die Gläser und Flaschen schwenkte, viel lachte und zum Schluß einen Trauergesang anstimmte. Der Vorschlag, das Geschlechtsteil des erstarrten Gutberlet verschiedenfarbig anzumalen, wurde von den anwesenden Damen mit schrillem Gekreische beantwortet, jedoch nicht ausgeführt.

Die Geschichte klang gut. Es war bekannt, daß Zechmanns Valentin sich jeden Freitag betrank. Normalerweise in der Gastwirtschaft, die er meist schon stark schwankend betrat, und am Kirmesfreitag eben im Festzelt, da die Wirtschaft an diesem Tag geschlossen hatte.

Aber selbst nach mehrtägiger Suche fand Sangmeister dann keinen, der zugab, dabeigewesen zu sein. Alle hatten von der Geschichte gehört, aber keiner hatte sie mitgesehn. Stattdessen gab es mehrere Zeugen, die Stein und Bein schworen, daß Gutberlet schon seit mehreren Jahren kein Kirmeszelt mehr betreten habe und auch dieses Jahr nicht dabeigewesen sei.

Was die Neigung zum Alkohol am Freitagabend betraf, so gab es einige, die beschwören konnten, daß er ständig besoffen war, während andere sich absolut sicher waren, daß er seit Jahr und Tag keinen Alkohol mehr angerührt habe, und Ziesche Helm, der Gastwirt, behauptete sogar, er sei schon bald zwei Jahre nicht mehr bei ihm in der Wirtschaft gewesen.

Es schien auch verschiedene Todesursachen zu geben. Mal hatte er am Straßenrand in einer großen Blutlache gelegen, dann hatte ihn einer schwer röchelnd, aber scheinbar unverletzt beim Bethaus der Ebenezer gefunden, wo er kurze Zeit später sein Leben aushauchte. Mal war er auf dem Heimweg in eine Schlägerei geraten und auf dem Krankentransport verstorben, und dann wieder lebte er noch, als Doelle Hans ihn von der Linde abschnitt, lag leblos da, begann zu zucken, wurde immer lebendiger, schlug die Augen auf, rappelte sich hoch, stand auf unsicheren Füßen, begann zu laufen, wurde mit jedem Schritt sicherer, wollte schnurstracks nach Hause gehn und brach, wie vom Blitz getroffen, urplötzlich zusammen. Tot.

Auch diese Schilderungen hatten den Nachteil, daß niemand dabei war, als Valentin Gutberlet aufgefunden wurde. Der Mann, der ihn abschnitt, war Vatter Jocks, der auf Frühschicht wollte.

Er sah ihn hängen im Vorbeifahren, stieg kurz aus, stiefelte hinauf, schnitt ihn mit dem Taschenmesser ab, legte ihn auf die Milchbank, überzeugte sich, daß er tot war, schaute sich kurz um, ob ihn niemand gesehen habe, bemerkte Doelle Hans nicht, der schon seit zehn Minuten darauf lauerte, daß jemand vorbeikam und den Mann im Baum endlich entdeckte, stieg wieder ein und fuhr zügig weiter, um nicht zu spät zur Arbeit zu kommen.

Unterwegs rief er den polizeilichen Notruf an. Auf die Frage nach seinem Namen antwortete er wahrheitsgemäß: «Der tut nichts zur Sache.»

Vatter Jocks war ein bißchen beschränkt und kurzatmig, aber ein heller Kopf. Er arbeitete als Schrankenwärter bei der Bahn, und Jocks war die Abkürzung für Jakob. Alle drei Minuten die Schranke auf und zu machen, und Vatter nannten ihn die Jungens, wenn er sonntags auf dem Fußballplatz den Ausschank machte.

Doelle Hans, der mit der Sache ebenfalls nichts zu tun hatte, kam hinter der Stalltür hervor, kaum daß die Polizeistreife den Tatort besichtigt hatte. Später kamen noch einige Saumloser, alarmiert vom Blaulicht. Hans Doelle stand schon da, wirkte wie üblich etwas geistesabwesend und zuckte nur mit den Schultern, als sie ihn fragten, was denn passiert sei. Dabei wies er mit dem Kopf auf den Toten. In seinen Augen unter der teigig weißen Stirn in dem braunen Gesicht stand die Müdigkeit mehrerer Generationen von Doelles, die sich auf dem Feld abgerackert hatten. Sie schlossen, daß er den Toten entdeckt und abgenommen habe.

Erst als die Sanitäter den leblosen Gutberlet ins Klinomobil schoben, sagte Doelle mit seiner tranigen Stimme: «Wer weiß, vielleicht lebt er ja noch. Mit einem Mal macht er sich auf und davon.»
Aus dieser Bemerkung wurde später das Gerücht, Valentin Gutberlet, genannt Zechmann, sei noch einmal aufgestanden und ein paar Schritte gelaufen.

XV.

Die Synagoge. Auf einmal erinnerte Erich Plauth sich wieder der Synagoge, der weißen Kniestrümpfe und Lackschuhe, die er am ersten Sonntag in Saumlos getragen hatte, der umgeworfenen Grabsteine und verwucherten Gräber, der Brombeerhecken, der kurzen weißen Strickhosen, die hohen dichten Büsche, von denen sie die Maikäfer schüttelten, des Kleinbauern, der ihm die Geschichte vom Orbeck erzählte, und der weißen Rüschenbluse der Mutter, während sie die Hose strickte.

Noch im Halbschlaf ging alles durcheinander, das Damals und das Heute, die Ohrfeige der Mutter für den Dreiangel im Hemd, den er sich bei den Brombeerhecken am jüdischen Friedhof geholt hatte, die ausgebrannten Fensterhöhlen, das wuchernde Unkraut auf den herabgestürzten Decken der Synagoge, die eigentlich nicht wie ein Gotteshaus wirkte, und das Heute, der kalte Bierdunst, der aus der Wirtschaft von unten heraufzog, die unwirklich wirkende Vorstellung, jemand müsse über Valentin Gutberlet gesprochen haben, unten vor Plauths Fenster, das er offen gelassen hatte, um nicht an seinen eigenen Ausdünstungen zu ersticken.

Er trank nur drei Tassen schwarzen Kaffee und machte sich auf in der Hoffnung, das Dröhnen im Kopf loszuwerden. Das Dorf wirkte aufgeschreckt und geschäftig, überall kurvten Traktoren herum, wurden Autos zerlegt oder wieder zusammengesetzt, waren Leute am Schaffen, als habe die Nachricht von Gutberlets Tod sie veranlaßt, sich mit Eifer dem Wettbewerb «Unser Dorf soll schöner werden» hinzugeben oder eine lange verschobene Arbeit endlich zu verrichten.

Vielleicht, überlegte Plauth, war dieser Arbeitseifer auch nur die Antwort der Saumloser auf die durchfeierte Nacht im Kirmeszelt, vielleicht wollte jeder den Nachbarn zeigen, daß er nicht zu denen gehörte, die nachts einen draufmachen und tags auf der faulen Haut liegen.

Über dem Dorf lag ein Geräuschteppich, als wären vielerlei Maschinen am Arbeiten, aber auch Hammerschläge gegen Holz und Blech waren zu hören. Erich Plauth sehnte sich plötzlich danach, wieder hier zu wohnen und selber ein Grundstück zu haben, auf dem er irgend etwas machen könnte, einen Staketenzaun annageln, Bretter klein schlagen, alten Putz von den Balken klopfen, eine neue Regenrinne anbringen oder einen Schrank abbeizen.

Auf der Grenze wischen Ober- und Unterdorf kam er am Dorfgemeinschaftshaus vorbei. Es war etwa zehn Jahre alt und so einfallslos wie alle öffentlichen Gebäude, die durchwegs aussehen, als habe ein einziger Architekt sämtliche Mehrzweckgebäude in den Dörfern errichtet. Es enthielt das Schlachthaus, den Feuerwehrgeräteraum, die Gefrierfächer und eine Küche mit Herd und Geschirr für fünfzig Personen. Der kleine Saal diente als Wahllokal, Übungsraum des Gesangvereins, Sitzungsraum für die Jahresversammlungen der Vereine und Festsaal für private Familienfeierlichkeiten.

Hier in der Nähe hatte früher die Synagoge gestanden. Jetzt erinnerte er sich abermals. Sie war eine Ruine, als die Mutter mit ihnen 1943 hierherkam. Hatte das leere Gemäuer auch 1944 noch hier gestanden, als sie den Sommer wiederum in Saumlos verbrachten und er hier entlang jeden Morgen zur Schule ging? Wann war es abgerissen worden, falls es auch 1945 noch gestanden haben sollte, als sie hierher flüchteten?

An der Wand des Dorfgemeinschaftshauses befand sich ein Sgraffito, das eine wohlgemute Familie zeigte – Vater, Mutter, zwei Halbwüchsige, ein Kind und zwei alte Leute –, offenkundig Werktätige, die durch eine friedfertige Landschaft schritten, unbeschwert, den Blick fest auf einen Regenbogen gerichtet, umringt von allerlei Getier am Boden und in den Lüften. Die Jahreszahl, 1963, schwebte darüber.

Neben der Synagoge hatte früher die Judenschule gestanden, auch die fiel ihm jetzt wieder ein, ein windschiefes Fachwerkhaus mit einer verputzten Fassade, in der längst keine Schule mehr gehalten wurde, als er hierher kam. An manchen Tagen im Sommer 1943 hingen kleine Hitlerjungen in Uniformen in den winzigen Fenstern, und über der krummen niedrigen Haustür war eine Hakenkreuzfahne angebracht.

Natürlich, irgendwer mußte ihm damals gesagt haben, was das für Häuser waren, aber er wußte nicht mehr, wer es war. So, als hätte die Zeit dreißig Jahre lang stillgestanden, fing er erst jetzt an, darüber nachzudenken, daß es früher in Saumlos Juden gegeben haben mußte, die schon vor seiner ersten Ankunft spurlos verschwunden waren.

Was er wußte, hatte er ungewollt erfahren und nicht weiter verfolgt.
Einmal hatte er Herrn Frost gefragt: «Onkel Frost, warum heißt der Orbeck eigentlich Orbeck?» Herr Frost saß vorne, auf dem Leiterwagen, der von zwei Kühen gezogen wurde. Erich Plauth saß mit Annemarie Frost dahinter, mit Annemarie, die schon eine Brust kriegte, und versuchte ihr unter die Röcke zu gucken.

«Guck mal da, Wicken», sagte Annemarie und wies auf das Feld. Dabei kicherte sie.
Herr Frost erzählte gegen den Wind, wobei er seine zwei Kühe mit der Peitsche leicht antippte, eine Geschichte, die ging so: «In Saumlos lebte einst ein Bauer namens Orbeck, der war so arm, daß er sich noch nicht einmal eine Kuh leisten konnte. Jeden Groschen, den er hatte, legte er zurück auf die hohe Kante. Eines Tages hatte er genug beisammen, um sich eine Kuh zu kaufen. Aus der Milch wollte er Butter machen, um sie zu verkaufen.

Er ging also zum Juden Katz, der am Meißner die Kühe aufkaufte, und suchte sich eine aus. Die meisten waren zu teuer, also nahm er die billigste. ‹Gibt sie auch gut Milch?›, fragte er den Juden Katz, bevor er die Kuh bezahlte. ‹Kaufst du die Kuh, kaufst du die Milch›, antwortete der Jude. Der Bauer dachte: ‹Die Kuh gibt Milch.›

Zu Hause angekommen, gab er ihr gut zu fressen und zu trinken. Aber am Abend, als er sie melken wollte, war das Euter leer. Da begriff der Bauer Orbeck, was der Jude sagen wollte. Nämlich, daß er die Milch noch extra kaufen müsse. Aus Angst vor dem Geschimpfe seiner Frau und dem Spott der Nachbarn ging der Bauer hinaus auf sein kleines Stück Land, in dem ein Teich lag, sprang hinein und nahm sich das Leben.»

Erich Plauth verließ die Hauptstraße durchs Unterdorf, dort wo «die Rosbach» in die Nüste mündet und ging den Feldweg dorfauswärts, den winzigen Wasserlauf entlang. Nach 300 Metern stand er vor der steilen Böschung, auf der sie als Jungen nach dem Baden sich in der Sonne geaalt und die Weizenkörner aus den vollreifen Ähren gepult hatten.

Hier von der Rosbach gespeist hatte, vielleicht 15 Meter lang und vier oder fünf Meter breit, der Teich gelegen, der ihnen bis an die Brust reichte. Die Mulde war noch erkennbar und erschien ihm merkwürdig flach. Vielleicht hatte man sie mit Bauschutt aufgefüllt.

Er fragte sich, wie Bauer Orbeck es geschafft hatte, sich hier das Leben zu nehmen. Er kam sich dumm vor, verdummt wie die meisten seiner Generation, 1934 geboren. Drei Erinnerungen an Herrn Frost hatte er mit sich herumgeschleppt, dreißig Jahre lang: die Erinnerung an die SA-Uniform, die er trug, wenn er abends von Arbeit kam; an seine Art alte Wurst zu essen; und an den armen Bauern Orbeck, den ein heimtückischer Jude in den Tod trieb.

Warum hatte er nie bedacht, daß er einem antisemitischen Märchen aufgesessen war?

Warum hatte er nie gefragt nach dem spurlosen Verschwinden der Juden von Saumlos?

War es der Tod Valentin Gutberlets in der Nacht zuvor, war es die unerwartete Begegnung mit einigen Jugenderinnerungen an diesem verkaterten Morgen? – Er beschloß, zu fragen.

XVI.

Bald sechzig Jahre später erinnerte sich der alte Adam Hofakker, der mit den anderen Hofackers weder verwandt noch verschwägert war, der Judenschule, die er zwischen 1914 und 1919 besucht hatte.

Die Dorfschule war damals geschlossen, da der christliche Dorfschullehrer sich an die Front gemeldet hatte, und so mußte Siegfried Oppenheim, der jüdische Lehrer, auch die Christenkinder unterrichten.

Vor Oppenheim hatte der Hofackers Ad noch heute soviel Hochachtung wie vor seinem Feldwebel und vor Pfarrer Schuchardt, bei dem er in die Konfirmandenstunde ging. Lehrer Oppenheim, der suchte seinesgleichen. Ein Sohn von ihm hielt Vorträge in Kassel oder war sogar Professor. An die hundert Kinder wurden in der jüdischen Schule unterrichtet, Christen und Juden, da konnte niemand sagen, daß er nichts gelernt habe.

Es war ein herrlich warmer Hochsommernachmittag, und der alte Ad saß allein auf der Treppe vor seinem Häuschen, fast wie ein Kind gegen den Türstock gelehnt, ohne auf seine Haltung zu achten, und leicht angesäuselt, da er eine Flasche Bier getrunken hatte. Mehr vertrug er nicht.

Das kleine Fachwerkhaus, in dem er mit seiner Frau allein lebte, seit ihre fünf Kinder fort waren, war eines der letzten Häuser von Saumlos, das so aussah, wie Erich Plauth sie von früher in Erinnerung hatte. Mit steilen, abgetretenen Stufen davor aus Natursandstein, die sich im Laufe der letzten dreihundert Jahre verschoben hatten, einem schmiedeeisernen Geländer, einem kleinen Hof aus Sandsteinpflaster, einem verwilderten Vorgarten, in dem noch die alten Büsche wuchsen statt der heute üblichen Koniferen, und ausgelaugten Holzschindeln am Giebel.

Mehr Juden als Christen hatte es in seiner Jugend gegeben in Saumlos. Sogar wie sie hießen und wo sie wohnten wußte er noch, wenn er zumeist auch nur ihre Hausnamen kannte.

Im Oberdorf, wo bis zum Dreißigjährigen Krieg schon einmal ein Dorf gestanden hatte, das später wiederaufgebaut wurde, wohnten nur wenige Juden. Viele wohnten am Berghang auf einem Gelände, das früher dem Grafen gehört hatte, in bunter Reihe mit den Häusern der Christen.

Da hinten drin wohnte ein Jude mit seiner Familie, der «Baron» genannt wurde, daneben stand die Bäckerei von Moses Blumenthal. Als Kinder freuten sie sich, wenn sie ein Stück Matzen geschenkt bekamen, obwohl es ja nur aus Wasser und Mehl bestand. Dann kamen «Apothekersch», die eine Textilhandlung besaßen, und weiter oben, zur Kirche hin, wohnte ein kleines Frauchen, das mit Kurzwaren handelte.

Darüber stand noch ein Laden, den sie den «Judenschuster» nannten, weil er die Schuhe flickte, der aber auch Lebensmittel führte. Außer ihm gab es noch einen zweiten Lebensmittelladen, der einem Juden gehörte, der Viktor Viktor hieß und auch Öfen, Fahrräder, Haus- und Küchengeräte verkaufte.

Bei Viktor Viktor im Hof wurden auch die Särge für die verstorbenen Juden gemacht, die nur aus ein paar einfachen, blanken Brettern bestanden. Jeder männliche Jude schlug einen Nagel hinein. Dort standen sie als Kinder oft am Hoftor und schauten zu, wie der Tote in den Sarg kam, ganz ohne Blumen. Der wurde richtig mit Brettern zugenagelt.

Die meisten Juden wohnten die Nüste entlang, wo die Häuser nicht älter waren als zweihundert Jahre.
Von Ersen her wohnten die ersten gegenüber Krugs Mühle, wo unter Aufsicht des Vorbeters auch das jüdische Mehl gemahlen wurde, denn es mußte besonderen Vorschriften entsprechen, dann kam wieder ein Judenhaus, das sie «s'Rickchen» nannten,

und dann, geradeaus, ein hohes Haus, das waren ebenfalls Juden.

Direkt über der Bach auf der anderen Seite die Häuser, da war ein Laden, den sie «s'Rös'che» nannten, das «Schnüddel-Rös'-che», weil es immer eine Rotznase hatte, wo sie als Kinder für zwei Pfennige Bonbons kauften, und gegenüber von Schotts, wo jetzt die Autoreparaturwerkstatt ist, das waren Bessergestellte.

Da wohnte der zweite Viehhändler mit Namen Katz, die hatten ein Mädchen aus dem Oberdorf als Dienstmagd, Anita Gutberlet, die war jetzt auch schon lange tot.
Das war eine schöne Zeit im Nüstetal.
Oft waren es nur Augenblicke, die sein Gedächtnis festgehalten hatte, und fast alles waren bewegte Bilder, wie Ausschnitte aus einem Film.

Als Jungen in kurzen Hosen, die fast bis aufs Knie reichten, und mit kurzgeschorenem Kopf sah er sich wieder am Haus der «Kuhfürschte» entlang schleichen, geduckt am Gartenzaun, plötzlich den Kopf recken, schrein: «Judenstinker! Judenstinker!» Und eilig davonlaufen, während der alte Kuhfürschte, der vorwiegend mit Rindvieh handelte, ihnen Steine nachwarf und schrie:
«Na wartet Ihr Lauser! Wenn ich das Eurem Lehrer sage!»

Er sah sich als Mann Anfang dreißig, wenn sie auf dem Heimweg aus Kleinschmidts Wirtschaft ein paar Schoppen intus hatten und, etwas ermuntert von einer Parteirede, bei den Juden die Gartenzäune umwarfen, die Scheißhäuser zunagelten, auch mal einen großen Haufen auf die Scheißhausbank schissen, dierekt neben das Loch, und die Fensterscheiben einwarfen.

Das alles eigentlich nicht aus Haß, denn das Verhältnis sei immer gut gewesen zwischen Juden und Christen, sondern einfach nur, weil es Spaß machte.

Aber ein Nazi sei er nie gewesen, nicht einmal in der nationalsozialistischen Partei oder sonst einem Firlefanz, das konnte er mit ruhigem Gewissen sagen, der alte Ad. Er hatte nur ein paar Mal mitgemacht aus Jux und Tollerei. Gegen die Juden an sich war überhaupt nichts zu sagen, und bald danach gab es sowieso keine mehr in Saumlos. Waren alle weggezogen, und ein paar hatten sie auch abgeholt.
Schon bevor der Krieg noch begann.

Heute konnte es einem ja leid tun. Aber damals wußte man es halt nicht besser.

XVII.

Wenn Annette Kümpel an das Ende der Nazizeit dachte, so erinnerte sie sich an den großen Schwartenmagen, den sie unter der Schürze versteckt hielt, als sie urplötzlich einem schwarzen Menschen in Uniform gegenüberstand.

Es war der zwanzigste April 1945, ein schöner, frühlingshafter Tag, daran erinnerte sie sich wie heute, und es war Mittwoch, das würde sie nie vergessen, weil sie schon die ersten Plattenkuchen für den Sonntag gebacken hatte.

Zwei Tage zuvor waren von Westen her deutsche Soldaten ins Dorf gekommen. Sie kamen in kleinen Gruppen, meist nur zu zweit und zu dritt. Fast alle waren verletzt, ihre Uniformen verdreckt und zerrissen, die Gewehre benutzten sie humpelnd als Stock oder hatten sie umhängen, so als hätten sie keine Lust mehr zu kämpfen.

Zuerst lagerten sie sich um die Linde an der Milchbank, und jeder hoffte, sie würden bald weiterziehn; sogar die Kriegsgefangenen, die auf den Bauernhöfen arbeiteten.

Schon bald aber zeigte sich, daß die Soldaten den Rest des Tages im Dorf verbringen wollten, denn sie waren müde und hungrig. Aber das war für die Saumloser kein Grund, sie zu beherbergen, zumal die Soldaten keinen Befehlshaber besaßen, und auch die alten Autoritäten, deren letztes Stündlein geschlagen zu haben schien, der Bürgermeister, der Ortsbauernführer, der Blockwart, der HJ-Führer, der Pfarrer, der Lehrer hatten etwas dagegen, daß Truppe im Dorf war, wenn die Amis kamen.

Jeder hatte eine andere Ausrede, vergessen war der Jubel, mit dem sie fünf Jahre zuvor die siegreich nach Westen vorrückende Truppe in Saumlos einquartiert hatten, aber schließlich fanden sich doch einige, die die Landser bei sich aufnahmen, zumal diese versprachen, sich kampflos zu ergeben, falls der Feind kommen sollte.

Für die damals 39jährige Annette Kümpel war die unerwartete Einquartierung eine starke Belastung, da die Konfirmation ihrer ältesten Tochter für den Sonntag angesetzt war und sie viel vorzubereiten hatte. Oben im Hutfach lagen, vor neugierigen Augen geschützt, die sechzig Eier, die sie in den letzten Wochen beiseitegelegt hatte, unter den Betten im Schlafzimmer lagen bereits mehrere große Bleche mit Streusel- und Butterkuchen, hinter der Kellertreppe hingen zwei fette Hühner, die sie den Morgen geköpft hatte, und am Tag drauf sollte ein Schwein schwarzgeschlachtet werden.

Nun lagen im Kinderzimmer zwei, die frische Verletzungen hatten, der eine am Kopf, der andere am Bein, tränkten die sauberen Bettbezüge mit ihrem Blut, und auch vor den anderen war man nicht sicher. Sie hatten ihr Lager zwar in der Scheune aufgeschlagen, aber andauernd kam einer herein, um sich die Hände zu waschen oder etwas zu erbitten. Frau Kümpel machte sich auch Sorgen wegen des Feuerchens, das sie auf dem Hof entfacht hatten. Nachher zündeten sie ihr noch die Scheune an. Wie sollte sie da ihre Arbeit machen.

Am meisten Sorgen machte sie sich um ihren Mann, den Landwirt und Metzger Anton Kümpel. Vierzehn Tage zuvor hatte er eines Nachts in der Küche gestanden, auch er verdreckt und verlumpt, während sie ihn irgendwo an der Front glaubte. In der Nähe von Kassel war er mit ein paar Kameraden einfach vom Zug gesprungen und hatte sich nach Hause durchgeschlagen. Darauf stand die Todesstrafe.

Seither lag er oben am Heuboden. Gesellschaft leistete ihm nur der französische Kriegsgefangene Vinz, der die letzten Jahre bei Annette Kümpel als Knecht gearbeitet hatte. Er hatte Angst, wieder ins Lager zurückgeholt zu werden und so kurz vor Schluß womöglich noch sein junges Leben zu verlieren.

Ein paarmal am Tag schlich sie hinauf, brachte den beiden zu essen, voller Angst, von den Soldaten bemerkt zu werden. Am anderen Morgen packten die ihre Siebensachen und zogen weiter. Erleichtert machte Annette Kümpel sich ans Rupfen der Hühner und legte schon mal die Schlachtesachen zurecht. Im Schutz der Nacht wollten die Männer herunterkommen und schlachten.

Sie hatte das eine Huhn gerade gesengt, als von ferne ein dumpfes Dröhnen ertönte, dann kam ihr damals elfjähriger Sohn Kreft hechelnd in die Küche gerannt und rief:
«Mamma, die Neger kommen.» Auch daran erinnerte sie sich noch gut.

Sie begriff sofort. Jetzt war die Konfirmation ihrer Tochter in höchster Gefahr. Hastig lief sie in die Diele, nahm den Korb Eier, rannte zurück in die Wurstekammer, wo noch einiges Räucherwerk vom letzten Schlachten hing, klemmte sich mehrere stracke Würste unter den Arm, stopfte sich auch einen der beiden Schwartenmagen unter die Schürze und wollte hinaus in den Stall, um alles in der Futterkiste zu vergraben.

In der weit offenen Haustür stand der amerikanische Soldat gegen das helle Licht und wirkte noch schwärzer, als er in Wirklichkeit war, nur seine Zähne leuchteten strahlend weiß. Sie erschrak zu Tode, wich zurück und ließ vor lauter Aufrechung den Schwartenmagen fallen.

Da lag er und kam ihr vor wie der leibhaftige Beweis ihrer Schuld. Was würde man jetzt mit ihr machen? Womöglich erschießen, weil sie versucht hatte, Nahrungsmittel beiseite zu schaffen? Aber der Soldat begann nur über das ganze Gesicht zu lachen, während sie zitterte vor Angst, so daß die Eier im Korb gegeneinander schlugen, dann bückte er sich, hob den Schwartenmagen auf, sah das zur Schleife gebundene Wursteseil und hing ihn damit an den Kleiderhaken, als wäre es sein Mantel.

War das ein Tag. Oben in ihrer Schlafkammer, wo die Kuchen unter dem Bett lagen, hatten es sich zwei Amis bequem gemacht. Der eine war so lang, daß seine Beine über die Bettpfosten hinausragten. Überall Amis während sie herumschlich, ihre Vorräte in Sicherheit brachte, die Wäschetruhe ausräumte und das Leinen auf dem Fruchtboden versteckte. Nur die Plattenkuchen unter den Betten in der Schlafstube hervorzuholen und woanders zu verstecken, das traute sie sich nicht. In der Wohnstube hatten sie ihre Schreibstube eingerichtet, in der Küche hockten welche, kochten sich Kaffee und beachteten sie gar nicht, wie sie aufgeregt herumrannte.

Erst später erinnerte sie sich wieder an ihren Mann. Was nun, wenn die Amis das Haus durchsuchten und ihn fanden? Was, wenn jemand im Dorf sich bei den fremden Soldaten einschmeicheln wollte und über ihren Mann schlecht redete? Sie ahnte mehr als sie wußte, daß er ihr die ganzen Jahre etwas verborgen hatte. Sie hatte nie zu fragen gewagt, nicht einmal kurz vor dem Krieg, als er plötzlich viel Geld ausgab. Damals hatte er den Laden umbauen lassen, den Schlachtraum gekachelt, neue Leitungen verlegt, einen neuen Wurstekessel gekauft, einen Fleischwolf angeschafft und auch in die Landwirtschaft hatte er eine Menge Geld gesteckt.

Gerüchte hatte es gegeben, damals, von zwei Saumlosern, die im Haus des Viehhändlers Katz Geld geraubt hätten, in der Nacht, als die Synagoge in Flammen aufging und alle Juden im Feuerwehrgerätehaus zusammengetrieben wurden. Eine Zeit lang hatten sie ihren Mann in Verdacht gehabt, dann hatte ihr Gewissen sich beruhigt. Nun, mit den vielen Amis im Haus, schlug es wieder.

Drei Monate blieb ihr Mann tagsüber auf dem Heuboden, obwohl die Amis schon anderntags abzogen, schlief auch nachts nur in Sachen, um beim kleinsten Geräusch über die Bodentreppe verschwinden zu können. Der Knecht Vinz leistete ihm drei Tage Gesellschaft, weil man nie wissen konnte, dann schaffte er weiter bei Kümpels wie zuvor, noch mehrere Jahre lang, bis er ein Mädchen aus Vockerode heiratete, das mit Annette verwandt war.

Ende Juli 1945 ging Anton Kümpel nach Moppes und meldete sich bei den Amerikanern, wo eine Nichte seiner Frau als Schreibkraft und Übersetzerin beschäftigt war. Er hatte Glück. Der Besatzungsoffizier war kein Unmensch und ließ sich von Kümpels Nichte davon überzeugen, daß Anton immer ein anständiger Mensch gewesen sei, der nie zu den Nazis gehört und sich auch an den Ausschreitungen gegen die Juden von Saumlos nicht beteiligt habe.

Gegen Mittag war er wieder da, mit richtigen Papieren und als freier Mann bis ans Lebensende. Es war schon bald Herbst, als Annette Kümpel hinter einer alten Arbeitsjoppe, die nur im Winter getragen wurde und dort schon seit Monaten unbeachtet hing, den Schwartenmagen entdeckte, der ihr am Tag der Befreiung aus der Schürze gerutscht war.

Und sie hatte den Neger verdächtigt, ihn geklaut zu haben.

XVIII.

Das Festzelt war fast leer, nur auf dem Tanzboden probten Kinder in bunten Trachtenkostümen unter Leitung einer jungen Frau Volkstänze für das bunte Programm am Sonntag. Sie vollführten kleine Schritte und Sprünge, hüpften und stampften, hakten sich unter und drehten sich im Kreis wie Figuren in einem Glockenspiel.

Nach der Probe kam Erich Plauth mit der jungen Frau ins Gespräch. Sie stammte aus Bottrop, arbeitete als Lehrerin an der Grundschule in Moppes und hatte sich ins Nüstetal versetzen lassen, da sie eine entfernte Nichte des Grafen war. Seither interessierte sie sich für die Heimat.

Erich Plauth hatte Mühe, nicht ständig auf ihren Brustansatz zu schielen. Das enge Mieder ihres Trachtenkostüms drückte die Brüste nach oben, so daß sie beinahe herausfielen. Er senkte den Blick, blieb aber an der eingeschnürten schmalen Taille hängen. Der weite, faltige Wollrock betonte ihre Hüften, was den Eindruck von Üppigkeit verstärkte.

Er schaute ihr ins Gedicht. Eine Bäuerin wie aus einem Bilderbuch. Sie blickte freundlich, als merkte sie nicht, wie er sie musterte. Ihr hellblondes Haar war zu einer kunstvollen Frisur aufgetürmt, die wie ein Vogelnest aussah, und es hätte Plauth nicht verwundert, wenn dort oben ein paar kleine schilpende Buntspechte mit weit aufgesperrten Schnäbeln gesessen hätten.

«Was mich an der Heimatkunde stört», sagte er, als habe er die ganze Zeit über diesen Satz nachgedacht, «sind die Themen, mit denen sie sich beschäftigt; die Genealogie der gräflichen

Geschlechter in der Ritterschaft, Rechtsstreitigkeiten zwischen dem Landgraf und den Äbten über die Grenzen des Wildbanns, Widersprüche in der kleinstädtischen Bourgeoisie im 14. Jahrhundert zwischen Wollwebern und den Inhabern des Zuschneidemonopols, unterschiedliche Abgabepflichten der Bauern für die Lehrerstelle im 19. Jahrhundert und Mutmaßungen über die Herkunft von Flurnamen.

Ich erinnere mich aus meiner Jugend an einen Aufsatz, der davon handelte, daß die sogenannten Donnerkeile, die früher jeder Bauer zum Schutz vor Dämonen in der Mehltruhe verwahrte, in Wirklichkeit jungsteinzeitliche Faustkeile sind, das heißt also altes Werkzeug, das in Steinbrüchen im Rheingau gebrochen wurde, die heute sogar lokalisiert werden können.»

Sie lächelte spöttisch über seine Beredsamkeit.
«In den meisten Fällen stimmt das vielleicht», sagte sie, «aber es gibt heute schon Heimatkundler, die Heimatgeschichte als Sozialgeschichte betreiben.»
«Die Frage ist nur, wer das liest», entgegnete er. «Ich zum Beispiel habe zehn Jahre in Saumlos gewohnt. Aber meinen Sie, daß ich irgendwann etwas über die Juden gehört hätte, die früher hier ansässig waren? Weder in der Schule, noch wenn man mit den Leuten sprach, noch in einem Heimatkalender, noch in einer Heimatbeilage der ‹Ersener Zeitung›.

Auf dem Weg zu ihrer Wohnung kam er sich komisch vor. Keine 24 Stunden da, und schon lief er hinter einer Frau her, die das Brauchtum pflegte. Fast so schlimm wie ein Atheist, der versucht, eine Nonne zu verführen. Wenn er in dem Tempo weitermachte, trat er demnächst in die Freiwillige Feuerwehr und den Männergesangverein ein, ließ sich in den Kirchenvorstand wählen, hielt den Festvortrag auf dem Kreislandfrauentag und kandidierte für die Grüne Liste.

Das erste Mal betrat er das Schloß. Es war eigentlich mehr ein geräumiges Gutshaus, nur der Unterbau aus wuchtigen Sandsteinquadern mochte früher Befestigungszwecken gedient haben, darüber ein Fachwerk, das trotz der dicken Balken zierlich wirkte, mit weißgetünchten Feldern. Der eine Giebel war zugewachsen mit Wein oder Efeu, halb versteckt hinter riesigen alten Bäumen.

In seiner Jugend war manchmal ein großer Mercedes aus dem Tor gefahren mit Chauffeur, der Graf von Trümbach saß auf dem Beifahrersitz, zwei ebenfalls adlige Eleven lümmelten sich auf dem Rücksitz, lässig und überheblich. Es war eine andere Welt.

«Wie heißen Sie?!» rief er, während sie in der Küche hantierte und Kaffe kochte.
«Maria!» antwortete sie. «Warten Sie, ich komme gleich.»
Später saßen sie nebeneinander auf dem Sofa.
«Ich habe einiges zu dem Thema gesammelt, das Sie interessieren könnte», sagte sie und holte einen Leitzordner aus dem Regal.

«Das hier sind so ziemlich alle Veröffentlichungen, die ich über die Juden in unserer Gegend gefunden habe. In einer Beziehung haben Sie natürlich recht; es sind nach dem Krieg zwar einige Buchveröffentlichungen erschienen, aber die beschäftigen sich kaum mit lokalen Ereignissen in der Provinz, und die Heimatgeschichtsschreibung scheint sich nach 1945 überhaupt nicht mit den Juden und ihrer Vertreibung beschäftigt zu haben. Das ist etwas erstaunlich, wenn man bedenkt, in wie vielen Dörfern hier bei uns Juden gelebt haben und daß der jüdische Bevölkerungsanteil in der Ritterschaft weit über dem preußischen Durchschnitt lag, so zwischen 10 und 50 Prozent.»

Der Band enthielt zumeist Fotokopien von Zeitungsartikeln, ein paar Zeitungsausschnitte im Original, durchweg aus «Mein Heimatland», der wöchentlichen Beilage für Heimatkunde der Ersener Zeitung und anderer Zeitungen der Umgebung. Zerstreut schaute er zu, wie sie die Seiten durchblätterte, als suche sie etwas. Sie strömte einen angenehmen Körpergeruch aus, der ihn an nichts erinnerte und seinen Wunsch verstärkte, sie zu umarmen.

Als sie eine Pause machte, beugte er sich zu ihr hinüber. Nun brauchte er nur noch die Arme auszustrecken. Sie sah ihn an, als habe sie seine Gedanken erraten, müsse es sich aber noch überlegen.

«Die meisten Artikel stammen aus der Zeit vor dreiunddreißig», sagte sie und deutete auf ein Datum, «zum Teil schon vor dem Ersten Weltkrieg. Ich habe das Erscheinungsdatum vermerkt. Ein paar Sachen sind aus der Nazi-Zeit, das merken Sie schon an der Tendenz. Der letzte Beitrag ist 1939 verfaßt und handelt von früheren Judenvertreibungen. Ich nehme an, um der Bevölkerung klarzumachen, daß Maßnahmen dieser Art schon immer üblich waren. Zu der Zeit waren gerade die letzten Juden weggezogen oder abgeholt worden.

«Sie haben sich eine Menge Arbeit gemacht», sagte er, «ich würde es gern einmal mitnehmen in mein Hotel, um mir Notizen zu machen und alles in Ruhe durchzulesen.»
Er wollte das Thema wechseln und ihr von sich erzählen, was für ein Mensch er sei. Das würde sie überzeugen.
«O, bitte», sagte sie bereitwillig und stand auf. «Nehmen Sie es ruhig mit. Ich weiß ja wo Sie wohnen.»

Es war ein höflicher Rausschmiß. Sie reichte ihm die Hand und sagte:
«Auf bald.»
Er bemühte sich nicht, seine Enttäuschung zu verbergen. Jetzt schien es ihr leid zu tun.
«Warten Sie», sagte sie, «ich muß Sie ja noch hinausbegleiten.»
Am Tor gab sie ihm noch einmal die Hand und sagte:
«Vielleicht sehen wir uns ja heute abend.»
Er dachte an das breite Bauernbett in seinem Zimmer im «hal-

ben Mond» und sagte selbstgewiß, mit einem vertraulichen Lächeln und einer Handbewegung, die galant wirken sollte: «Ich erwarte Sie.»

XIX.

«Weißt Du, lieber Leser, wo die Ritterschaft liegt?»
Mit dieser wohl rhetorischen Frage, denn die Kinder lernten schon in der Grundschule, wo die Ritterschaft lag, begann der erste Aufsatz in Marias Sammlung, erschienen im «Ersener Heimatkalender» auf das Jahr 1931.

Plauth blätterte in der Akte, unentschlossen, womit er beginnen sollte. Größere Mengen Material machten ihn immer etwas lustlos.
In einem Kästchen war eine Anekdote abgedruckt, die von den Rittern handelte:

«Der Graf von Trümbach, zu dessen Besitz die Dörfer Saumlos, Klein-Calden und Vockerode gehörten, sah eines Tages bei einem seiner Bauern einen Teller an der Wand hängen, auf dem der Spruch stand:
‹Vor Saumlos, Moppes, Hasenau/behüt mich Gott und meine Frau/und damit ich auch nicht komm' zu korz/behüt mich auch vor Ruppelsworz.›

In Saumlos, Moppes, Hasenau und Ruppelsworz waren bedeutende Rittergeschlechter ansässig. Der Graf sah den Teller und fragte:
‹Kerl, was hat er da für einen Teller?!›
Der Bauer antwortete:
‹Ich kann nicht lesen, Herr Graf.›»

Erich Plauth ging hinunter in den Schankraum, holte sich ein großes Bier und fing noch einmal von vorne an:

«Weißt Du, lieber Leser, wo die Ritterschaft liegt? Wo die Nüste ihre Fluten durch ein weites, liebliches Tal windet, wo das Stolzinger Gebirge in zahllosen Kuppen und Kegeln ausläuft, hat in früheren Jahrhunderten eine große Zahl von Rittern ihre Burgen erbaut. Vom Schwalbenkopf schaute stolz und kühn die Aubelsburg herab, von wo die Herren von Aubel als ‹Heckenreiter› und ‹Buschklopper› die friedlich ihres Weges ziehenden Kaufleute überfielen. Von ihrer Burg auf dem Junkerkopf aus beherrschten die Herren von Schrumsbach die Holländische Straße. In nicht allzu großer Entfernung saßen die Herren von Ruppelsworz, in Saumlos die Herren von Trümbach, die neben einem riesigen Rittergut großen Waldbesitz haben.

Die Ritter nahmen gern Juden in ihre Gebiete auf. Diese zahlten nicht nur Steuern, Leibzoll und andere Abgaben an die Ritter, sondern versorgten auch deren Höfe mit allerlei Waren, die die Juden von ihren Handelsreisen mitbrachten. Ums Jahr 1800 betrug die Zahl der ‹Juden im Kreise bei adligen Gütern› 800. Saumlos war die bedeutendste dieser Gemeinden. Ihre Beschäftigung war hauptsächlich der Handel. Sie kamen weit über die Grenzen ihres Heimatkreises hinaus bis auf die einzelnen Höfe der Hohen Rhön.

Geistige Not kannte man nicht. Von den 13 jüd. Gemeinden in der Ritterschaft hatten 10 eigene Schulen und einen Lehrer, die 3 anderen lagen in der Nähe eines Synagogenortes, sodaß die Alten die gemeinsamen Gottesdienste und die jüd. Schulen besuchen konnten. Heute sind nur noch 3 öffentliche Volksschulen und 1 Religionslehrerstelle im Bezirk vorhanden. Doch ist dafür gesorgt, daß kein Kind ohne Religionsunterricht bleibt. Der gemeinsame Begräbnisplatz – ‹der gute Ort› – für alle Juden der Ritterschaft war in Hasenau. Nach und nach legten einzelne Gemeinden eig'ne Friedhöfe an. Die Juden von Saumlos hielten gemeinsame Gottesdienste in dem noch stehenden Haus des Metzgers Plaut ab. Die Synagoge ist 1804 erbaut, wie eine hebr. Inschrift über dem Haupteingang besagt. Das für die

Synagoge benötigte Bauholz spendeten die Herren von Trümbach. Aus Dankbarkeit wurde über der hl. Lade das Trümbach'sche Wappen angebracht: ein Wappenschild mit drei Rosen, das von zwei Löwen gehalten wird.

Für die Armen von Saumlos – sowohl für die Juden als auch für die Christen – hatte ein aus Saumlos stammender Jude eine ‹Stiftung für Arme›, insbesondere aber ‹für Kranke› ins Leben gerufen. Der Vater des Gründers, Aron Moses, war in früher Jugend aus S. ausgewandert. Als die Juden sich Familiennamen zulegen mußten, behielt er seinen Vornamen Aron und den Namen seines Vaters Moses bei und nannte sich Aron Moses Arensberg. Auch die anderen Juden der Ritterschaft suchten sich klangvolle Namen, abgeleitet von Landschaften, Bergen, Tieren, Gewächsen und Eigenschaften. Besonders häufig waren die Namen Plaut und Nußbaum. Plaut wird von dem hebräischen ‹palit› abgeleitet und bedeutet zu deutsch ‹Flüchtling› oder ‹Zugereister›. Der Name wurde vor allem von Juden angenommen, die aus Spanien, Portugal, aber auch aus Polen eingewandert waren.

Wann sich die ersten Juden in der Ritterschaft niederließen, konnte ich bisher nicht feststellen und es ist fraglich, ob es sich überhaupt mit Sicherheit feststellen läßt. Nach einer mündlichen Überlieferung kamen sie aus der Rhön und dem Bistum Fulda, wo der Fürstabt 1671 über 2000 seiner jüdischen Untertanen des Landes verwies. Zu der Zeit war auch das Gebiet der Ritterschaft weitgehend entvölkert und verwüstet. Im Zuge der Reformation waren die Ritter zum Luthertum übergetreten. Truppen Tillys hatten daraufhin die Ritterschaft während des dreißigjährigen Krieges besetzt. Der Viehbestand lag bei einem Drittel des Vorkriegsbestandes. In Vockerode kommt der Überlieferung nach nur eine alte Frau mit dem Leben davon; in Saumlos bleibt, außer einem Gehöft, nur die Kirche stehen. Die Ritter mußten neue Siedler ins Dorf lassen, die die wüsten Güter bebauten, den Handel wieder belebten und ihnen halfen, ihre Lehnsverpflichtungen zu erfüllen. Wir können annehmen, daß ihnen auch die soeben aus Fulda vertriebenen Juden dabei willkommen waren.

Das ‹tolle Jahr› 1848 brachte auch den Gemeinden der Ritterschaft mehrfache Unruhe. In Saumlos tat sich besonders ‹Brenners Cost› als Unruhestifter hervor. Der Einwohner Schilderoth, der in der Schloßgasse überfallen und übel zugerichtet worden war, konnte sein Leben nur dadurch retten, daß er sich zur Erde warf und tot stellte. Die jüdischen Einwohner sahen sich zur Errichtung einer Sicherheitswache von abends 10 bis früh zwei Uhr veranlaßt. Es mußten jede Nacht 6 Mann wachen. Die Gemeindemitglieder waren verpflichtet, ‹die Wache selbst auszuführen oder einen annähmlichen Wächter zu stellen, der wenigstens 20 Jahre alt ist›. Zuwiderhandlungen sollte der Synagogenälteste mit 5 Sgl. bestrafen, ‹wer sich ausschließt, soll in allen gemeinschaftlichen Dingen ausgeschlossen bleiben, und wer einem Ausgeschlossenen Berches (Sabbatbrote) backt, den soll der Synagogenälteste mit 10 Sgl. bestrafen.

Einige Zahlen mögen die Entwicklung der jüd. Gemeinde Saumlos zeigen. Es waren dahier 1829 190, 1855 322, 1900 253, 1930 184 jüd. Seelen. Seinen Ruhm, der einzige Ort Preußens mit überwiegend israel. Bevölkerung zu sein, hat es in der Zeit von 1920–1923 verloren.»

Erich Plauth ertappte sich dabei, wie er in den Obstgarten schaute. Auf der Erhebung dort hinten im Wald die Burgruine, die sie als Schulkinder besucht hatten, waren Stammsitz der Ritter von Schrumsbach. Dahinter das Dorf, von hier aus nicht sichtbar. Ein alter Schäfter war der einzige, der ihnen als Jungen von früher zu erzählen pflegte. Die Zeit begann mit dem dreißigjährigen Krieg etwa Mitte des 17. Jahrhunderts und bildete ein Sammelsurium von Episoden, die beziehungslos nebeneinander standen und vorwiegend von Mühe und Arbeit, Mord und Totschlag, versteckten und zuweilen auch wieder aufgefundenen Schätzen, wechselnden Herrschern, die alle gleich waren, Ausbeutung, Krieg und marodierenden Truppen handelten.

Die Geschichte schien ein immer gleichbleibendes, gummiartiges Wesen zu sein, das jedem Druck zwar nachgab, aber anschließend wieder seine ursprüngliche Form annahm. Von den großen Ereignissen erfuhr man am Rande. Sie beeinflußten das Leben nicht. So gesehen mußte es sich bei der mehrhundertjährigen Anwesenheit und schließlichen Vertreibung der Juden von Saumlos um ein großes geschichtliches Ereignis gehandelt haben.

Die endlosen Berichte über Zuzugs- und Abzugsgelder, Rechtsstreitigkeiten über uralte strittige Abgabeverpflichtungen der Juden gegenüber Institutionen und Herrschern, die zahllosen Zitate, die die Anwesenheit von Juden bald hier, bald da zu verschiedenen Zeiten belegten, und die immer wiederkehrenden Berichte über Progrome und Vertreibungen seit dem späten Mittelalter hatten Erich Plauth ermüdet.

Während er sich entkleidete und das Deckbett zurückschlug, war ihm klar, wie wenig er selbst über diese Dinge wußte, wie wenig die meisten Menschen darüber wußten und wie nötig es wäre, alle diese Einzelheiten endlich einmal aufzuschreiben und zu veröffentlichen. Gleichzeitig wußte er, wie sehr es die Leser langweilen würde, nur seitenlang einen Bericht über die ‹Zungenabgabe› zu lesen, die die Juden von Ruppelsworz der landgräflichen Küche schuldeten.

Im Einschlafen dachte er: «Seltsam, daß ich Plauth heiße.» Sogar die Bedeutung des Namens stimmte. Seine Vorfahren stammten aus Polen und waren seit dem Ende des 19. Jahrhunderts in mehreren Etappen immer weiter nach Westen gelangt. Immer waren sie Zugereiste gewesen. Auch er. In Schlesien, Berlin, der Uckermark, Mecklenburg, Saumlos und Kassel. In den letzten zwanzig Jahren hatte er nie länger als fünf Jahre an einem Ort gelebt; zumeist weniger.

Aber gleich widersprach er sich. Er kannte eine Menge Leute, die Strauß hießen, Jakob oder Grünewald, selbst Israel, und keine Juden waren. «Vergiß die Namen», murmelte er, bevor er wegsackte. Es war dunkel, als er aufwachte. «Maria», dachte er, «das Miststück ist nicht gekommen.» Er lag nackend im Bett und hatte eine Erektion.

XX.

Löws Alf und Schimmels Malle, zwei Saumloser Anfang zwanzig, unverheiratet, ohne feste Freundin, bei den Eltern wohnhaft, die Woche über der eine am Bau, der andere in der Ersener Schilderfabrik als Maler tätig, saßen auf ihren Böcken am Straßenrand und beobachteten die alte Frau, die langsam die Straße entlangkam. Sie saßen in ihrer Freizeit häufig auf ihren Bökken, drehten endlose Runden durch den Ort, parkten bald hier und da. Zu den Kirmesburschen gehörten sie nicht, da sie zwei Quercher waren.

Hofackers Grett gehörte zur Generation der Frauen, die noch den langen dunklen Rock, die Schnallenschuhe und das hochgeschlossene, kragenlose, ärmellange Wams trugen. Sie hatte das graue Haar zu dünnen Zöpfen geflochten, die um den kleinen, fast weißen Kopf lagen, war klein, schmächtig und hatte stets die Haltung eines schüchternen, staunenden Kindes. Ein Mensch in einem ausgestorbenen Dorf konnte keine andere Aura um sich haben und einsamer wirken als sie, wie sie jetzt die Dorfstraße entlangkam.

Unaufhörlich mischten sich Phantasie und Wirklichkeit in ihren übereinander stolpernden Gedanken. Sie sprach mit sich selbst, wobei sie Ausdrücke gebrauchte, die sie wohl selber erfunden hatte. Oft, wenn sie mit dem unverheirateten Bruder ihres verstorbenen Mannes und ihren Kindern redete, aber auch mit anderen Leuten im EDEKA-Laden oder auf der Straße, sprach sie mit lauter und erregter Stimme, so schnell, daß die Sätze unvollkommen blieben und etwas Schaum auf ihre Lippen trat. Ihre Sprache lief dann ab wie eine Maschine, und man konnte glauben, es interessierte sie nicht, ob man ihr zuhörte, bis sie plötzlich ausrief:

«Es interessiert Sie wohl nicht, was ich sage, Sie glauben wohl, ich träume das alles!?»

An diesem Samstagnachmittag schimpfte Hofackers Grett auf die Frau ihres Sohnes Frieder, der vor zwei Jahren ins Haus seiner Schwiegereltern gezogen war, ohne sie zu fragen. Ihr Frieder hatte noch kein Mädchen berührt, der war, was sie einen «Zeuner» nannte, der hatte das Brett noch drin gehabt und sah nicht ins Nest. Die das Brett weghaben durch eine Heile, die merkten es, die waren «das Merk'sche», aber ihr Frieder hatte es noch nicht weggehabt, doch das «Schmus'che» hatte ihn schwach gemacht.

Die hatte schon früher ein paar Gänge dahinter mit Burschen, leichte Fuschelpacke, frech auf Männer war die und hatte ihn unter den Krallen. Er zitterte richtig, wenn sie ihn sah, das war eine ganz freche Person, kuschen, Knute her, machte ihm Schulden zurecht, war stehlerisch auf ihn, andauernd wollte sie was haben, was haben, was haben, kauf mir dies, kauf mir das, alles nahm sie ihm weg.

Zwanzig Stück Wäsche hatte er gehabt, als er wegging, jetzt hatte er noch zwei Hemden, eins zum Anziehen und eines zum Waschen, wie ein Taschendieb hatte ihn das Mensche bestohlen, alles Geld hatte er schon an ihr verloren, wie ein Schwacher, der alles gibt, wie man so sagte: «Dumme Wecke, das heißt, Dumme Wecke, wenn man eins hat, das kommt einen teuer.»

Eingefangen war er wie von Gaunern, nervlich bald fertig bis auf 80, Lügenwerk, jähzorniges Ding, hat keine reine Schuh, gehen auf Männer und machen sie schwach, ist als am Luchsen mit ihm, Luchse, Luchse, Spitzbuben, Zigeuner, Arschwerk, und am Ende war die Hintertür schlechter als die Vordertür.

Der Junge war ja von einem Grafen, sie war eine geborene Prinzessin, und im Fernsehen hatte man sie auch schon genannt, früher, als der Junge erst ein halbes Jahr alt war, weil sie beim Kunstrechnen mitgemacht hatte. Mit dem Grafen war sie verheiratet, der hätte sie aus purem Anstand genommen und seine Frau verstoßen, weil sie so hurenmäßig war und auch kein Geld hatte. Arm war er dran. Auf der einen Seite hatten sie verpachtet und nahmen nicht viel ein, und auf der anderen Seite lebten sie wie die Grafen. Er kam nach Saumlos, zu ihr und ihrem Mann, heulte Rotz und Wasser, die Pacht sei bald alle, seine Frau Italienerin und konnte nicht haushalten.

Wenn man sie häßlich mache in Saumlos, so nehme er sie zurück und lasse die andere sausen, auch den Jungen habe der Graf anerkannt, beim Pfarrer Witzel.
An den Namen des Ortes, aus dem er stammte, erinnerte sie sich nicht mehr, aber sie wollte ihn sowieso nicht nehmen, denn die waren ja auch arm dran. Er war ihr nicht christlich genug. Sein Vater zwang ihn dann, die Italienerin zu nehmen.
«Dann nimm die, die ist wengistens noch heile, damit Du's Brett wegkriegst. Aber dann war das auch nicht die Rechte, da hat das Nest auch nicht gestimmt, so geht das.»

Sie ging jetzt an den beiden Motorradfahrern vorbei und begründete in heftigen Worten, warum es mit dem Grafen nicht gut gegangen wäre:
«Bei mir stimmt das Nest nicht, das sagt mein Herz so. Du hast drei Jungen-Saaten und ich hab zwei Mädchen-Saaten, und so wie die Männer die Saaten haben, so geht's in die Ehe. Die Männer-Saaten sind bestimmend und die Frau packt's dabei, ein Mensch ist doch zwei Menschen. Wir sind Mann und Frau, sonst finden sie keine Frau.»

«Auch unser Franz ist ein Einseiter, deshalb findet er keine Frau. Da ist höchstens mal ein bißchen süßes Buschel beigewachsen und die Ehe, wo nicht Ja ist, die gibt so was. Deshalb hatte ich keine Ja-Ehe. Jetzt war der tot, war gestorben, der wo ich's Ja gesehen hatte, da war ein Kreuz gewachsen und das war ausgelaufen. Wenn ein Mensch mit einem Kreuz zusammen gewachsen ist, das sieht man im Spiegel.»

«Und dann ist der umgefallen und war tot. Jetzt kommt man hin und will ihn besuchen, kannte ihn, da war er begraben. Jetzt war das Kreuz ausgelaufen und die andere Seite erblaßt. So kann man menschenkund werden. Das kann man im Spiegel betrachten, auch seine Saaten sehen und auch die Bilder von den Saaten aufschreiben.
Hast du die Kreuzschlacke noch drin, damit du nicht solche Menschen kriegst auf der Welt?
Da mach dich mal reinebei mit dem Gäns, oder was hast du da für eine Kohlkuttel immer? Du schenkst mir da allzus so Sachen, mach mir ja nicht so's Juxenschenkscherker und was du all hast. Wenn du schon hast, dann hau ich dich die Ohren, den Latschen manchmal nachts im Kopf gehaun.»

«Mein Mann hatte ja wohl zwei Saaten drin, und der hatte wohl nur wie Saaten manchmal sind: die sind nicht vollkommen und dem Armen ist Schwäche nachgewiesen. Da heißt es, sie können Kinder nehmen und des Menschen Schwäche wächst dann plötzlich nicht mit, weil die Schwächen schon in den ganzen Saaten sitzen, schon in den Sternen drin.»

«Wenn eine nicht richtig blüht, kann sie auch keine Kinder kriegen, das sieht man den Menschen an. Da hab ich gesagt: ‹Du hast zweierlei Tiere drin, du hast einen Habicht und einen Spatz zusammengewachsen, dadurch blühst du nicht richtig. Das müssen zwei dieselben sein, männliche und weibliche Teile, so ereignet sich das in uns Menschen.›»

Sie stand jetzt gegen den Abendhimmel wie ein uraltes Denkmal. Die breite Straße durchs Unterdorf schien direkt in den Himmel zu laufen, als befinde sich hinter dem Dorf ein Abgrund, in dem sie gleich verschwinden werde.
In derselben unbewegten Haltung, die sie zu einem Gegenstand in der Landschaft machte, hatte sie heute früh gegen fünf auf der Straße nicht weit von Valentin Gutberlets Haus gestanden.

Zwei Männer kamen eilig angelaufen, Kreft Kümpel und Herbert Schott, betraten den Hof, öffneten ein Fenster, in dem die Scheibe zersprungen war, und stiegen ein. Sie schaute ihnen zu, stand da und wartete, sah die Männer nach einiger Zeit wieder herauskommen und weggehen. Ohne sie wahrzunehmen, ohne zu wissen, was sie gesehen hatte, ohne zu begreifen, was es bedeutete, als ihr Schwager Franz beim Frühstück sagte:

«Ziesche Helm spricht, Zechmanns Valt soll sich aufgehangen haben.»

Löws Alf, mit richtigem Vornamen Alfred, und Schimmels Walle, der eigentlich Walter hieß, warfen die Böcke an, ließen die Motoren aufheulen, donnerten die Straße hinab hinter ihr her, zischten dicht an ihr vorbei, der eine links, der andere rechts, und verschwanden im Abgrund.
«Alte Ekel, querches Pack», murmelte sie, dann lauschte sie wieder den Stimmen.

Einmal vor langer Zeit hatte es nachts oben am Haus einen heftigen Schlag getan. Da mußte jemand ein Funkgerät oben in den Dachbalken geschossen haben.
Ein anderes Mal betrat Dr. Lenders nachts ihre Schlafkammer, beugte sich über ihren Kopf und verpflanzte ein kleines Mikrofon in ihr rechtes Ohr. Wenn die Saumloser sie danach fragten, wobei sie sich anstrengen mußten, nicht laut loszulachen, meinte sie sich zu erinnern, daß dies auf behördliche

Anordnung geschehen sei, weil im Fernsehen so oft von ihr die Rede war.

Sie hatte schon eine Menge Ärger gehabt, seit es im Rundfunk geheißen hatte, sie habe 50000 Mark gewonnen, weil die Rechenaufgaben, die sie in ihrer Jugend regelmäßig an das Fernsehen geschickt habe, am besten funktioniert hätten.

Studenten seien daraufhin in ihr Haus eingedrungen, hätten ihr Bilder gezeigt, Möbel verkaufen wollen, sie mit Latten auf den Kopf und den ganzen Körper geschlagen, weil sie nichts kaufen wollte, und Spritzen dabei gehabt.

Am ganzen Körper habe sie Schwielen gehabt und sei eilig zur Post gelaufen, um Hilfe zu holen. Das Dorf sei daraufhin von Polizei umstellt worden, die sie aus ihrer schrecklichen Lage befreit habe, aber das war schon vor dem Krieg, als sie noch jung war.

So kam es, daß sie alles hörte, was im Dorf geredet wurde.

XXI.

Es war fast Mitternacht, als Erich Plauth das überfüllte Festzelt betrat. Ein Teil der Leute ging nach Hause, Kaffee trinken und Kuchen essen: Große Bleche Zwetschenkuchen mit Sahne, Schmoande-Kuchen mit Rosinen, Streusel- und Butterkuchen, um nach der Pause tüchtig weiterfeiern zu können. Es war eine der seltenen Gelegenheiten, sich gegenseitig zu besuchen.

Nicht ohne Stolz zeigte der Hausherr das Bad, das er eingebaut hatte, die Holzdecken in der Diele und im Wohnzimmer, die Teppichböden, die er selber verlegt hatte. Die Frauen standen in der Küche, machten die Kuchenplatten zurecht, kochten Kaffee, und die Männer tranken noch rasch ein Schnäpschen und rauchten zur Feier des Tages Zigarre. Später würde auch die Frau Gelegenheit haben, ein paar Neuanschaffungen zu zeigen, das moderne Schlafzimmer, die Bettwäsche, Gardinen, den Waschautomat, die Kinderzimmer, die die Kinder von ihrem Taschengeld mitfinanziert hatten.

Das Selbstbewußtsein der Saumloser bestand aus den Gegenständen, die sie besaßen, vor allem den Sachen, die sie anschafften: Der Bulldog, das Auto, Musikinstrument und Mokick für den Sohn, die Aussteuer der Tochter, die noch zur Schule ging, Ölheizung und vielleicht auch die Kellerbar. Der Saumloser an sich war nichts. Er wurde etwas, wenn er etwas besaß.

Die Kapelle hatte soeben aufgehört zu spielen. Am Mikrofon stand ein Mann aus Ersen und gab bekannt, er werde jetzt mit seinem Tirolerhut herumgehen und sammeln. Die Kirmesburschen hätten sich bereit erklärt, ihn gründlich zu waschen und ihm den Kopf kahl zu rasieren.
«So kommt jeder auf seine Kosten, Leutchen», rief er.
«Django kann sich noch ein paar Bier leisten und ihr habt euren Spaß!»

Er war ein stämmiger, etwas vergammelt gekleideter Mensch Ende zwanzig und nannte sich «Django». Er war nicht unbeliebt, obwohl ihn niemand je hatte arbeiten sehen. Den Sommer über soff er sich reihum durch die Dorffeste im Landkreis und machte bei den Umzügen mit. Nachts schlief er in einer Ecke im Festzelt.

Er war zumeist in Begleitung eines zahlungswilligen Menschen, wenn er sich vehement Platz machte und laut tönend mit der rauhen Stimme des Gewohnheitstrinkers über die Theke rief: «Django zahlt nicht! Django wird eingeladen! Was willst du denn ausgeben, Junge?!»
Die jungen Männer konnten sich halbtot lachen, wenn er besoffen war und seinen Blödsinn machte.

«Da, Django, trink noch einen auf meine Rechnung; sollst auch nicht leben wie ein Hund.»

Während er durchs Zelt ging und die paar Mark einsammelte, schleppten die Kirmesburschen einen hölzernen Schlachtertrog heran, in dem früher die Schweine gebrüht und enthaart wurden, stellten ihn auf den Tisch und begannen, ihn mit kaltem Wasser zu füllen.
Erich Plauth setzte sich auf eine Tischkante und überblickte das Zelt, das sich merklich geleert hatte.

Er kam sich vor wie ein Fremder und hatte das Gefühl aufzufallen. Die Idee kam ihm nicht, daß viele Saumloser bereits wußten, wer er war. Dem Malermeister Plauth sein Jung, der nach dem Krieg beim alten Hödecke gewohnt hat. Ziesche Helm oder sonst jemand hatte es sich ausgedacht und weitergesagt. Vielleicht wollte er Urlaub machen. Hofackers Ad hatte er gefragt, wie das mit den Juden war, mit Hofackers Grett hat er geschwatzt, der Dussel, und mit dem Fräulein von Trümbach war er auch schon gesehen worden. «Unsere Maria von Trümbach» sagten die Festredner, wenn sie sich für den Auftritt der Volkstanzgruppe bedankten. Der alte Hödecke war früher Kutscher beim Grafen gewesen, später hatte er die Milch vom Hof gefahren. Jetzt war er tot.

Erich Plauth hatte immer noch Schwierigkeiten, die Leute wieder zu erkennen. Nur einen hatte er sofort erkannt: Bruno Leimert. Er war damals Dorfschullehrer von Saumlos, und Maria hatte gesagt, daß Bruno die Dorfschulchronik habe. Die werde ihn sicher interessieren. Später ging Plauth zu ihm hin: «Man hat mir gesagt, daß Sie früher hier Lehrer waren. Ich würde Sie gern einmal besuchen und verschiedenes fragen.»
«Journalist?» fragte Leimert zurück.
«So etwa.»
«Kommen Sie ruhig, junger Mann», sagte Bruno huldvoll. «Ich wohne gleich neben der Kirche im Oberdorf. Können Sie gar nicht verfehlen. Von mir können Sie viel erfahren. Ich habe schon alles mitgemacht.»

Es fiel Plauth schwer, die Leute richtig einzuordnen. Aus der Stadt war er gewohnt, daß jede soziale Gruppe ihr Ghetto hatte. Am Dorf hatte es in seiner Jugend Klüngel gegeben, einander befehdende Familienverbände und Gruppen, zwischen denen jedoch kaum soziale Unterschiede bestanden. Sie waren ihm fremd gewesen, damals, ihre Oberflächlichkeit, ihr unverhüllter Drang nach materiellen Gütern, ihre Abneigung gegen richtige Gespräche, die Musik, die sie liebten, die kleinen Probleme, die sie hatten.

Jetzt saßen sie wieder um ihn herum, zum Anfassen nahe, und er interessierte sich für sie, wußte aber nicht recht, was er mit ihnen anfangen sollte. Damals, als er einer von ihnen gewesen war, hatte er sich krampfhaft von ihnen zu distanzieren versucht. Heute, da er längst ein anderer geworden war, kein Malergeselle mehr, der in Kassel die Abendschule besuchte, sondern einer anderen Klasse angehörte, hatte er Mühe, zu ihnen zurückzufinden. Schicksal.

Django hatte seine Kollekte beendet und begann, sich mit gekünstelten Bewegungen zu entkleiden. Die Männer stießen sich an, munterten ihn auf mit Zurufen und lachten, die Frauen kreischten und hielten sich die Hand vor den Mund. Django hatte sich halb entkleidet, als einer der Burschen ihm einen Stoß versetzte, sodaß er rücklings in den Trog fiel.

Das Gekreische und Gejohle nahm zu, etliche stiegen auf die Tische, um nichts zu verpassen, aber man sah nur die Arme und Beine. Das Wasser spritzte, der Trog schwankte, schwappte über und durchnäßte die Umherstehenden, die mit lautem Geschrei zurücksprangen. Einer geriet in Wut, beugte sich über den Trog, zog Django heraus, schubste ihn vom Tisch und wollte eine Schlägerei anfangen. Django senkte den Kopf, hob die Fäuste, aber sofort kamen zwei Kirmesburschen, hielten die beiden fest und redeten auf sie ein.

Django ließ die Arme sinken und kletterte wieder auf seinen Tisch. Jemand begann sein kurzes Haar einzuseifen, während ein anderer mit großen Gesten so tat, als schärfe er ein Rasiermesser. Die Zuschauer hatten sich beruhigt und schauten eher gelangweilt zu, wie Django kahlgeschoren wurde. Der schnitt Grimassen und schrie ein paar Mal, aber man sah nicht, ob er geschnitten wurde oder die Leute nur aufheitern wollte. Erich Plauth ging hinaus.

Vor dem Zelt begegnete ihm Maria. Sie stand gleich neben dem Eingang. Ein massiger Mann hatte sie umklammert, die eine Hand auf ihrem Hintern, mit der anderen wühlte er in ihrer Brust. Den Kopf hatte er über ihre Schulter gesenkt und sprach leise und besoffen auf sie ein. Sie erkannte Plauth, lächelte ihm entschuldigend zu und gab ihm ein Zeichen, auf sie zu warten. Er hatte das Gefühl, sich in ihr getäuscht zu haben, und ging ins Zelt zurück.

Django stand auf dem Tisch mit strahlendem Gesicht und weit geöffneten Armen wie ein Sieger. Der Beifall war müde. Erich Plauth sah, daß er am Kopf einige Schnittwunden hatte, aus denen Blut sickerte, als er an ihm vorbei und zur Theke ging.

Maria hatte das Haar offen, trug eine glänzende schwarze Hose und einen weißen Pullover. Ihre Brüste wirkten wie zwei aufgeblendete Scheinwerfer, und die Hose bildete zwischen den Schamlippen eine Rille.
«Möchtest du gehn?» fragte sie.
«Wenn du gehst», antwortete er, «würde ich Dich nach Hause begleiten.»
«Einer muß es ja machen», sagte sie.
Unterwegs sagte er:
«Es scheint am Dorf nicht die üblichen politischen Schranken zu geben. Das irritiert mich etwas.»
Als sie im Bett lagen, sagte sie.:
«Es gibt überhaupt keine Politik hier. Die Politik ist ihnen ein Greuel. Ob einer SPD wählt oder Nazi war und heute die NPD

wählt, ist ihnen egal. Wenn du das siehst, der Juso-Chef vom Ortsverein Moppes und der Ortsvereinsvorsitzende der CDU stehen zusammen an der Theke und trinken ihr Bier, als gäbe es nichts, was sie trennt.»

«Aber die Nazi-Zeit, darüber müssen sie doch nachgedacht haben.»
«Manchmal grüßen sie sich heute noch mit Heil Hitler und machen den Hitler-Gruß. Sie tun zwar so, als wäre es nur zum Spaß, und so richtig ist im Grunde keiner mehr für die Nazis. Aber ein bißchen scheinen sie sich immer nach der Nazi-Zeit zu sehnen, oder nehmen sie zumindest nicht ernst.»

«Und die Kommunisten?», fragte Plauth.
«Das ist Politik, die hassen sie mehr als den schlimmsten Nazi.»

Erich Plauth beugte sich über sie. Die Öffnung unter ihrem kleinen Hintern war feucht und warm, und Plauth sagte, während er sein Glied hineinschob:
«Weißt du kein Haus für mich?»
«Die alte Schule ist zu verkaufen.»
«Nicht gerade in Saumlos», sagte er, «ich bin verheiratet.»
«Na und?» sagte sie. «Zum Heiraten braucht man keinen Mann.»

XXII.

In der ehemaligen Judengasse, die heute Birkenweg heißt, kam Erich Plauth ein Panzer entgegen, der die Straße fast ganz einnahm. In den Kurven fuhr er so dicht an den Hausecken entlang, daß Plauth fürchtete, er könnte bei der leisesten Unachtsamkeit ein Haus rammen und zum Einsturz bringen. In der Luft lag ein Dröhnen, als befände sich mindestens ein Dutzend Panzer in Saumlos.

Erich Plauth trat hinter einen Holzzaun und ließ das Ding vorbeifahren. Die Erde bebte und die Häuser schienen zu zittern. Er war kaum ein paar Schritte gegangen, als schon wieder so ein riesiger Mistkäfer die Dorfstraße entlangkam.

Im Kirmeszelt brannte noch Licht und er hörte Stimmen, aber die Musik hatte wohl endgültig aufgehört zu spielen. Vor dem Einschlafen im «halben Mond» blätterte er noch in der Heimatbeilage der Ersener Zeitung. Draußen an der Nüste schienen jetzt leichtere gepanzerte Fahrzeuge und Lastkraftwagen zu fahren. Danach war ein paar Minuten Ruhe, nur von ferne war noch das Dröhnen zu hören, dann folgten ein oder zwei schnellere Fahrzeuge, wahrscheinlich Jeeps.

Derartige Manöver ereigneten sich mehrmals im Jahr. Erst kamen die Amerikaner, ein paar Wochen später die Deutschen, dann alle NATO-Partner gemeinsam, dann vorwiegend Luftstreitkräfte mit Luftlandetruppen, gefolgt von Bodenverbänden, und zweimal im Jahr gab es einfach nur Alarm: Atom-Bomben-Alarm, Alarm für Angriffe mit biologisch-bakteriologischen Waffen, Alarm für chemische Waffen, und Katastrophenalarm.

Auch das Schema der Manöver war immer dasselbe. In hastiger und, wie es schien, ungeordneter Flucht fluteten die vom andringenden Feind aus dem Osten überraschten Verteidiger der friedliebenden Bundesrepublik zurück nach Westen. Das dauerte einige Stunden, danach lag Saumlos schutzlos da, den mit Sicherheit zu erwartenden östlichen Barbaren ausgeliefert.

Die ließen höchstens einen halben Tag lang auf sich warten, drangen ebenso waghalsig zum einen Ende des Dorfes ein und zum anderen wieder hinaus, als wüßten sie schon, daß die Unsrigen viel zu undiszipliniert waren, als daß sie in Saumlos Hekkenschützen, MG-Nester, Brückenköpfe und dergleichen zurückgelassen hätten. Auch sie ohne Rücksicht auf Verluste: Auffahrten auf Wiesen und Felder zermalmend, Bürgersteige zerfleddernd, Gartenzäune knickend, Wiesen zerpflügend, Straßendecken aufwerfend, Durchfahrverbote mißachtend, Straßengräben planierend, Schäden in Millionenhöhe hinterlassend.

Einige Stunden später ferner Gefechtslärm. Am Fluß, der die Landschaft nach Westen begrenzt, hatten die Angreifer die Zurückweichenden beim Übersetzen über den Fluß ertappt, fand die große Abwehrschlacht statt. Unter starken Verlusten gelang es Unsrigen die Gewinnung des westlichen Ufers. Der Feind war gestoppt.

Nun folgte das dreitägige Ringen um Brückenköpfe diesseits und jenseits, dann hatten die Unsrigen die Oberhand, der Rollback begann. In hastiger und, wie es schien, ungeordneter Flucht fluteten die zurückgeschlagenen Angreifer der friedliebenden Bundesrepublik zurück nach Osten. Das dauerte einige Stunden, rein nach Saumlos, raus aus Saumlos, ohne Maßnahmen zu unserer Verteidigung zu treffen, danach lag Saumlos schutzlos da, den mit Sicherheit zu erwartenden westlichen Befreiern schutzlos ausgeliefert.

Die ließen höchstens einen halben Tag lang auf sich warten, drangen ebenso waghalsig zum einen Ende des Dorfes ein und zum anderen wieder hinaus, als wüßten sie schon, daß die anderen viel zu undiszipliniert waren etcpp., Schäden in Millionenhöhe zurücklassend, wir atmeten auf, konnten nachts wieder ruhig schlafen, und die Ortsvorsteher, die sich tagelang die taktischen Zeichen der verschiedenen Einheiten notiert hatten, um die Schadensverursacher dingfest zu machen, begannen die Manöverschäden aufzulisten.

Die Heimatbeilage enthielt auf einer ganzen Seite die umfangreiche hessische Rangordnung vom August 1821 nebst Nachtrag vom April 1827. Sie begann mit den Worten:
«Von Gottes Gnaden Wilhelm der IIte, Kurfürst und souveräner Landgraf von Hessen, Großherzog von Fulda, Fürst zu

Hersfeld, Hanau, Fritzlar und Isenburg, Graf zu Catzenelnbogen, Dietz, Ziegenhain, Nidda und Schaumburg etcetc. haben folgende Rang-Ordnung für Unsere Dienerschaft vom Militär- und Zivil-Stande allergnädigst erlassen.»

Beim Lesen der in acht Klassen und zwei Anhänge zur siebten und achten Klasse verteilten aberhundert Pöstchen und Titel hatte Plauth eine historische Vision, sehr dekorativ, in Kostümen und Kulissen:
Die zahllosen hoffähigen Exzellenzen, Erb-Land-Postmeister, Bischöfe, bis hin zum Hofkämmerei-Scribenten und Bettmeister waren allesamt versammelt und nahmen stehend die feierliche Verkündung des Gesetzes zur Emanzipation der Juden entgegen. Das Volk aber kriegte nichts davon mit.

Schon wieder im Einschlafen sinnierte er über die Verlautbarungen der Geschichte.
Die Saumloser, die heute nacht die Liste der hoffähigen Persönlichkeiten im frühen 19. Jahrhundert lasen, weil die Schlacht im Nüstetal sie um den Schlaf brachte, konnten getröstet sein.

Zwar wurde Krieg gespielt draußen auf ihre Kosten, aber die hessische Rang-Ordnung von 1821 war abgeschafft.
Was wollten sie mehr.

XXIII.

Es war Sonntag. Erich Plauth erwachte nach kurzem Schlaf, pinkelte aus Faulheit ins Waschbecken und blickte mit verklebten Augen hinaus in den Vorgarten, wo ein Panzer stand. Im ersten Augenblick dachte er, das Ding sei vor dem Haus in Stellung gegangen. Dann sah er den niedergewalzten Zaun, die zerrissene Laufkette. Das Fahrzeug war wohl doch nur vom Wege abgekommen.

Er ging wieder zu Bett, konnte aber nicht mehr einschlafen. Durch seinen Kopf trudelten die Aufsätze, die er am Nachmittag gelesen hatte, und wie üblich nahm er sie auseinander und setzte sie zu einem eigenen Aufsatz zusammen. Er war richtig stolz auf sein Werk.

«Der hessische Antisemitismus im 19. und 20. Jahrhundert», dozierte er, «hatte weit in die Geschichte zurückreichende Vorfahren. Landgraf Philipp der Großmütige verwies alle Juden des Landes, und die ebenso fromme wie mildtätige Landgräfin Amalie Elisabeth ließ landauf, landab, Bekehrungsversuche durchführen – sogenannte ‹Judenpredigten› und Zwangstaufen. Sämtliche Juden, die älter waren als acht Jahre, mußten sich regelmäßig christliche Predigten anhören. Bei Nichterscheinen drohten Gefängnis oder Ausweisung. Die Eschweger Juden widerstanden den Versuchungen der christlichen Lehre, indem sie sich die Ohren verstopften; die Kasseler Juden flüchteten.

Auch der ‹Judenstern› war keine Erfindung des 20. Jahrhunderts. Abt Hermann Georg von Neuhof erließ um die Mitte des 17. Jahrhunderts eine Kleiderordnung für Juden. Um sich von den Christen zu unterscheiden, mußten sie einen gelben Ring am Rock, Mantel oder Wams tragen. Eine Kennzeichnung verlangte man vor der Aufhebung des Leibzolls im Nassauischen. Jeder Jude mußte einen Zettel am Hut tragen mit der Aufschrift:
‹Jud zu Fuß.› ‹Jud zu Pferde.›

Die während der ‹Franzosenherrschaft› 1807 unter ‹König Lustik›, wie die Kasselaner ihn nannten, nämlich Jerome Bonaparte im Königreich Westfalen eingeführte ‹Emanzipation› der Juden wurde zwar 1833 auch vom Kurfürsten per Gesetz bestätigt. Es hieß da in § 1.:
‹Die Staatsangehörigen israelitischen Glaubens in allen Gebietstheilen erhalten unter den weiter unten folgenden Bestimmungen und Einschränkungen gleiche Rechte mit den Unter-

thanen anderer Bekenntnisse, sind aber dagegen auch denselben Verpflichtungen unterworfen.›

Und: ‹Alle nur auf das Glaubensbekenntnis gegründeten Verschiedenheiten, welche aus früheren Gesetzen, Verordnungen, Vorschriften, Observanzen und sonstigen Rechtsquellen sich ergeben, sind demnach erloschen, sofern sie nicht durch gegenwärtiges Gesetz eine Bestätigung erhalten.›»
Eben das Gesetz, dessen Verkündung Erich Plauth sich in der Nacht zuvor ausgedacht hatte.

«Aber ein Gesetz erlassen, meine Damen und Herren, ist eine Sache, und seine Einhaltung eine andere. Man kann jahrhundertelange Vorurteile nicht durch ein behördliches Dekret abschaffen. Hinzukam erschwerend, daß die Emanzipation der Juden schon wegen ihrer Herkunft aus der französischen Revolution der hessischen Bürgerschaft nicht geheuer war, zumal sie die Erinnerung an die französische Fremdherrschaft in Kassel wachhielt.

So werden den Juden, trotz von oben verordneter Aufhebung der Leibzölle, Schutzgelder und zahlloser diskriminierender Bestimmungen, auch weiterhin wesentliche Bürgerrechte verwehrt. In Treysa, Kurhessen, wird sechs Jahre nach der Emanzipation die Erteilung des Bürgerrechts an zuziehende Juden verweigert:
‹Es sein schon übermäßig viel Juden dahier wohnhaft, 13, zahlreiche Judenfamilien, sodaß unsere Stadt zuletzt ein zweites Jerusalem wurde.›

Auch nach 1833 sind sie vom Staatsdienst ausgeschlossen. Vielfach erhalten sie keine Konzession für eine beantragte Gewerbetätigkeit und auch keine Heiratserlaubnis. Eine akademische Laufbahn steht nur denen offen, die ihren Glauben ablegen und sich taufen lassen. Eine wirkliche Judenemanzipation hätte zunächst einmal die Umerziehung der christlichen Bevölkerung vorausgesetzt. Da dies nicht geschah, enthielt die von oben verordnete Judenbefreiung stets die Gefahr antisemitischer Reaktionen, wie im Revolutionsjahr 1848.

Das Jahr 1848 war ein Krisenjahr, das auf den hessischen Dörfern, nicht nur im Nüstetal, eine starke Verelendung der Volksmassen, zum Teil regelrechte Hungersnöte mit sich brachte. Bürger und Volk antworteten darauf nicht etwa mit revolutionären Forderungen. Sie verhielten sich vielmehr wie Bürger zumeist, duckten sich vor der Obrigkeit und reagierten ihre Sorgen nach unten ab: gegen die Juden. Im nach außen hin biedermeierlichen Deutschland herrschten nach den Befreiungskriegen der Obrigkeitsstaat und die finsterste Repression.

Während in Frankfurt die Nationalversammlung in der Paulskirche tagte, wurden im Kurfürstentum Hessen die Synagogen verwüstet und Juden mit Gejohl durch die Straßen getrieben: In Treysa, Zierenberg und Hofgeismar; ein bis heute unaufgearbeitetes Stück bürgerlicher Geschichte. Die antisemitischen Ausschreitungen während der 48er Revolution liefen unter der beschönigenden Bezeichnung: ‹Krawalle›. ‹Hepp-Krawalle!› ‹Unser Kampfgeschrei sei: Hepp! Hepp! Hepp! Allen Juden Tod und Verderben!›»

Erich Plauth sah sich jetzt am Podium eines vollbesetzten Vortragssaales stehen. Begeistert von sich selbst formte er die Zitate um und setzte sie neu zusammen, so daß der Eindruck entstand, er habe das, was er in seinem Kopf vortrug, alles selber erarbeitet. «Honorige Philosophie- und Geschichtsprofessoren», rief er, «lieferten im Verein mit Theologen und Publizisten eine Flut antisemitischer Schriften, die in der Forderung nach Ausrottung aller Juden gipfelten und die ideologische Grundlage für die Welle der Judenverfolgungen seit dem 19. Jahrhundert bildeten. Gleichzeitig waren fortschrittliche Hochschullehrer, wie heutzutage, von Berufsverbot betroffen.

Berühmte Zeitgenossen von Turnvater Jahn bis Richard Wagner unterstützten Treitschkes Ruf:

‹Die Bewegung ist tief und stark! Bis in die Kreise der höchsten Bildung hinauf ertönt es heute wie aus einem Munde: Die Juden sind unser Unglück!›

Den hessischen Beitrag zum Antisemitismus leistete ein Dr. phil. Otto Böckel, der in den 80er Jahren des 19. Jahrhunderts Kustos der Marburger Universitätsbibliothek war. Der ‹hessische Bauernkönig›, wie Böckel sich nennen ließ, wurde 1887 im Wahlkreis Marburg als erster antisemitischer Abgeordneter in den Reichstag entsandt. Im letzten Jahrzehnt stellte Kurhessen sieben der 16 antisemitischen Abgeordneten im Reichstag.

Sie beantragten ein Verbot des ‹Schächtens›, das ist das ‹koschere› Schlachten, und forderten, daß Juden nicht mehr Ärzte, Lehrer und Juristen werden dürften und aus allen Parlamenten ausgeschlossen werden sollten. Im November 1890 versammelte Böckel in Langgöns auf dem ‹zweiten judenfreien Viehmarkt› 15 000 Teilnehmer zur damals größten Kundgebung der antisemitischen Bauernbewegung.»

Er stand auf und setzte sich an den kleinen Tisch. Dieser Drang, alles aufzuschreiben und mitzuteilen, was ihm selber wichtig erschien, unterschied ihn wahrscheinlich am meisten von den anderen Menschen. Wenn er über sein Leben nachdachte, kam er sich vor wie eine Figur in einem riesigen Roman. Wie oft hatte er einen Menschen zu befragen versucht, eine Frau von siebzig Jahren zum Beispiel. Sie müssen mir einmal ihr Leben erzählen. Aber die Frau hatte nur hilflos mit den Schultern gezuckt: «Was ist da groß zu erzählen.»

Das war ihm unbegreiflich. Siebzig Jahre Leben. Das war für ihn ein Roman. Er wollte gleich alles aufschreiben, was ihm in der letzten halben Stunde durch den Kopf gegangen war. Er spannte einen Bogen in die Maschine und begann nachzudenken. Nach einer Weile merkte er, daß er überhaupt nicht nachgedacht hatte. Er hatte nur immer den Wald betrachtet. Es war sein alter Fehler.

Immer wollte er mit dem Schreiben anfangen, bevor er das Material beisammen hatte. Jetzt holte er sich erst einmal die Schulchronik von Saumlos, und vielleicht gelang es ihm in den nächsten Tagen auch, ein paar Interviews zu machen.

Er zog sich an und ging hinunter in die Gastwirtschaft.

XXIV.

In der Wirtsstube rührte ein einsamer Gast in seiner Kaffeetasse. Erich Plauth erkannte ihn schon an der Tür. Gerd Sangmeister, sein alter Schulkamerad, der immer Künstler werden wollte, weil er so schöne Tierzeichnungen machte, und dessen Vater Dorfpolizist in Saumlos war. Plauth bemerkte, wie sich die Sätze in seinem Kopf bildeten: «In der Wirtsstube rührte ein einsamer Gast in seiner Kaffeetasse. Erich Plauth erkannte ihn gleich beim Eintreten.» Wie in einem Kriminalroman, dachte er.

Er ließ Sangmeister dreimal raten, wer er sei, dann gab er sich zu erkennen. Sangmeister sagte:
«Daß ich dich nicht erkannt habe! Wo ich ein so gutes Gedächtnis habe.»
Plauth, unerschüttert: «Mach dir nichts draus. Wir Künstler bringen immer alles ducheinander. Was machst du jetzt so?»

Sangmeisters Antwort waren zwei Sätze in einem. Mit der Andeutung eines gequälten Lächelns schien er sagen zu wollen: «Dieser Plauth, unverändert, über alles muß er Witze machen.»
Halblaut zu hören aber war:
«Kriminalbeamter, seit 20 Jahren.»

«Das freut mich für dich», sagte Plauth herzlich, «was machst du hier, erzähl mal.»
«Du», sagte Sangmeister gedehnt, als wisse er selbst, wie un-

wichtig es einem Menschen wie Plauth erscheinen mußte, war dann aber doch begierig zu sprechen.

«Wir hatten hier einen Todesfall vor zwei Tagen. Sieht aus wie Selbstmord, aber der Sache muß nachgegangen werden. Nach dem, was unsere Beamten vom Streifendienst gehört haben, war der Mann sturztrunken, als er sich aufhängte, aber nach der Obduktion, die wir vorgenommen haben, hatte er einen Umgehungskreislauf, kein Alkohol. Oesophagus-Varizen. Ich wußte bis gestern auch nicht, was das ist. Krampfadern in der Speiseröhre. Vielleicht Leber. Du verfällst langsam in ein Koma, bis du steif bist wie ein Brett und die Leute denken, du seist besoffen. Etwas seltsam muß ich sagen, daß er sich noch aufgehängt hat.»

«Wer hätte das gedacht», sagte Plauth, «in Saumlos ein Mordfall.»
«Könntest du vielleicht etwas lauter reden?» sagte Sangmeister leise und sah jetzt aus wie Lungenkrebs im siebten Monat. «Wenn das der Alte gehört hat, weiß heute abend das ganze Dorf, daß jemand ermordet wurde, und ich kann zusehen, wie ich die Wahrheit rausfinde.»

«Ist er denn ermordet worden?»
«Woher soll ich das wissen. Du kennst doch die Leute hier. Seit 29 Jahren lebe ich in der Gegend; die Hälfte davon habe ich in Saumlos verbracht. Die tun keiner Fliege was zuleide.»
«Fliege nicht», sagte Plauth. Sangmeister wurde jetzt etwas spontaner:
«Seit dem Siebenjährigen Krieg hat es hier keinen Mord mehr gegeben, und das waren zwei französische Soldaten, die mit der Kriegskasse vor den Preußen ausrücken wollten und einem von Niederaula in die Hände fielen, der also auch nicht von Saumlos war.»

Plauth, freundlich: «Und der junge Trümbach damals, Anfang der fünfziger Jahre? Erst erschießt er seine Freundin, die ein

Kind von ihm erwartet, dann ist er einen Tag verschwunden, die Polizei macht noch nicht mal den Versuch, ihn aus dem Schloß zu holen, er stellt sich mit Anwalt, der was von Schock erzählt, bringt zwei Leute an, die auch auf der Party waren und beschwören, daß die Knarre versehentlich losging, und hinterher kommt raus, daß der alte Graf dem Ehemann der Toten 20000 Mark gezahlt hat, damit er eine günstige Aussage macht.»

Sangmeister, wieder leidend: «Der junge Trümbach wurde wegen fahrlässiger Tötung angeklagt und freigesprochen, weil nachgewiesen wurde, daß die Dinger prinzipiell ungeladen aufbewahrt wurden und er damit rechnen durfte, daß das Ding unmöglich losgehen konnte. Oder was weiß ich. Vielleicht hat er ein paar tausend Mark gezahlt.
Ich weiß gar nicht, was das mit meiner Sache zu tun hat. Es gibt nicht einmal ein Motiv.»

«Ein Motiv findet sich, wenn man den Täter hat», sagte Plauth.
«Quatsch», sagte Sangmeister, «alles spricht für Selbstmord. Der Mann war fertig, seelisch und nervlich. Spätestens im Herbst hätten sie ihm den Hof unterm Arsch versteigert. Ich gehe einmal durchs Dorf, dann weiß ich Bescheid. 70000 Mark Schulden bei der Raiffeisenkasse, 30000 bei der Kreissparkasse, ein paar Tausender alleine die Reparaturen beim Landmaschinenhändler. Hier ein paar tausend Mark und da. Der hatte doch nicht einmal mehr Kredit für Zigaretten.»

So erfuhr Plauth amtlich, daß in der Nacht vom Freitag zum Samstag sein Intimfeind aus Jugendtagen, Valentin Gutberlet, gestorben war und daß es dafür auch einen Grund gab: Zechmanns Valltin brauchte Geld. Plauth dachte an Freitagnachmittag, als er gleich nach der Panne das Gefühl hatte, den Anfang einer Geschichte zu erleben. Jemand wird zufällig in ein Dorf verschlagen, wo sich ein Mord ereignet hat, und löst den Fall auf eigene Faust.

Einen Augenblick spielte er mit dem Gedanken.
«Ja, ich muß gehn», sagte Sangmeister, «sehn wir uns noch mal die Tage?»
Plauth nickte. «Bis Dienstag bleibe ich sicher.»
Sangmeister sagte: «Also bis dann.»

XXV.

Die Saumloser, die an diesem späten Sonntagvormittag aus der Kirche kamen, erlebten eine wunderliche Erscheinung. Ein Mann kam ihnen entgegen, der auf sie einen noch jungen Eindruck machte, mit fast schulterlangem blondem Haar, einem enorm großen schwarzen Hut, einer winzigen, kreisrunden Brille, einem kurzen Ziegenbart, weißem Leinenanzug, sodaß er aussah wie Albert Schweitzer in jungen Jahren, und weißen Schuhen. Über der einen Schulter hatte er einen Kassettenrecorder hängen und über der anderen eine kleine Herrenhandtasche.

Er ging mit etwas schwankenden Schritten, nicht wie ein Besoffener, sondern eher wie einer, der verlernt hat, die Beine zu heben und sich vorwärts bewegt, indem er das Gewicht von einer Seite auf die andere verlagert. Dazu gestikulierte er mit den Armen, als versuche er irgend etwas zu fassen, und bewegte die Lippen. Als sie an ihm vorbeigingen, hörten sie ihn halblaut mit sich reden wie Hofackers Grett. «Typisch Malermeister Plauth sein Jung», sagten die Älteren, die ihn schon als Jugendlichen gekannt hatten. Die Konfirmandenschüler aber nahmen sich vor, ihn bei passender Gelegenheit anzuquatschen und zu fragen, was er von Haschisch und Wehrdienstverweigerern halte.

Erich Plauth war wieder mit seinem Vortrag beschäftigt. «Trotz aller Behinderungen und Feindseligkeiten» sagte er, wobei er mit dem Zeigefinger auf ein imaginäres Rednerpult tippte, «normalisierte sich die Lage der Juden in Kurhessen im 19. Jahrhundert. Sie selbst trugen dazu am meisten bei und zeigten, wie der Chronist Arnsberg schreibt, eine radikale Assimilierungstendenz. Zumal in den Städten kommt es auch, anders als auf dem Land, zu Glaubensübertritten und Mischehen, um den beruflichen Werdegang zu fördern.

Es ist durchaus unrichtig, durch wenn man es heute noch hört, daß die Juden sich vorwiegend mit Geldgeschäften und Handel beschäftigt hätten. Seit sie, zumindest theoretisch, Zugang zu allen Berufen haben, nehmen sie dieses Recht auch in Anspruch. Um 1840 gibt es in Kassel jüdische Optiker, Ingenieure, Tabakfabrikanten, Hofjuweliere, Schmiede, Färber, Küfer, Mechaniker, Töpfer, Schuhmacher, Sattler, Tapezierer, Schneider, Uhrmacher, Goldschmiede, Drechsler, Schreiner, Buchbinder, Schriftsetzer.

Die Juden waren seit dem 19. Jahrhundert fast ausschließlich Gewerbetreibende und Handwerker. Die Mär vom jüdischen Bankier und Geldverleiher, der die armen Christenleute ausbluten läßt, vom Spekulanten und Schmarotzer, ist wirklichkeitsfremd.

Für die Juden in Oberaula ist charakteristisch, daß alle Landwirtschaft betreiben. In Niederaula gibt es Pferdehändler, Metzger, Handelsleute, Schuhmacher, Schneider, Schreiner, Färber, Bäcker und Weißgerber. In Schrumsbach ist Bauer und Handelsmann eine häufige Bezeichnung.

In armen Dörfern und Gegenden blieben auch die Juden relativ arm. So leben in Saumlos viele Juden vom Nothandel, ziehen über die Dörfer der Umgegend und verkaufen Kleinkram an der Haustür. Hand in Hand mit einem gewissen wirtschaftlichen Aufschwung entwickelten sich auch das jüdische Religions- und Schulwesen. Die Gemeinden bauten Synagogen, richteten Volksschulen ein.

Vor allem vom staatlichen Bildungsangebot machten sie stärker Gebrauch als die Christen. Zwischen 1816 und 1900 stieg die Zahl der jüdischen Realschüler und Gymnasiasten ständig an. Ende der 80er Jahre kamen ein Viertel der Realschüler, und um 1900 nahezu ein Drittel der Abiturienten in der Ritterschaft aus jüdischen Familien. Ein großer Teil stammt aus den Landgemeinden und lebt unter ärmlichsten Bedingungen in der Stadt in Pension.

In der zweiten Hälfte des 19. Jahrhunderts geht in einigen Dörfern der jüdische Bevölkerungsanteil wieder zurück. Davon profitieren zunächst die Klein- und Mittelstädte, später auch die Großstädte. Zahlreiche Juden emigrieren auch ins Ausland, vor allem in die USA. Gegen Ende der 20er Jahre des 20. Jahrhunderts beginnt die Auswanderung nach Palästina eine Rolle zu spielen. Ein Verein jüdischer Landwirtschaft bildet seit 1930 pro Jahr 45 junge Frauen und Männer für Palästina aus.

Auch in ideologischer Hinsicht passen die Juden sich an und übernehmen die Normen und Wertvorstellungen ihrer Zeit. Die meisten sind konservativ, national und kaisertreu gesinnt, vor allem in der Provinz. In den Freiheitskriegen 1813/14, im Frankreichfeldzug 1870/71 und im Ersten Weltkrieg 1914/18 greifen zahlreiche Juden freiwillig für ihr deutsches Vaterland zu den Waffen. Noch 1932 gibt der Reichsbund jüdischer Frontsoldaten die zweite Auflage seines Gedenkbuches für die jüdischen Gefallenen heraus.

Erich Plauth war jetzt richtig in Fahrt.
«In Saumlos, wo ich seit ein paar Jahren lebe», sagte er, «sind im ersten Weltkrieg 13 Juden und 12 Christen gefallen. Damals gab es noch eine leichte jüdische Bevölkerungsmehrheit im Dorf. Ihnen allen, Juden wie Christen wurde 1921 ein Kriegerdenkmal geweiht.

Mir liegt ein Zeitungsausschnitt mit Auszügen aus der Einweihungsrede des Dorfschullehrers vor. Danach ehrte er Juden und Christen mit den Worten:
‹Es sind die Toten des Weltkrieges, die ihr Leben in treuester Pflichterfüllung für des Vaterlandes Macht und Größe, für die Ruhe, Wohlfahrt und das Wohlergehen ihrer Lieben daheim hingaben. Vergiß, mein Volk, die treuen Toten nicht!›
Der Gedenkstein, der an der Straße nach Moppes stand, verschwand spurlos bei Straßenbauarbeiten im Jahre 1971. Gerüchte besagen, daß er im Fundament eines Bungalows einbetoniert wurde. Auch die Bezeichnung Judengasse wurde erst 1966 aus dem Straßenregister getilgt.

Ihre vaterländische Pflichterfüllung und ihr Heldentod nutzten den Juden nicht viel.
1915, mitten im Krieg, als Kaiser Wilhelm nur noch Deutsche kannte, keine Parteien mehr, verwehrten Antisemiten den Juden, ihren Beitrag zur Nagelung des eisernen Kreuzes zu leisten. Das ebenso national gesinnte, christliche Bürgertum lachte, wie heute noch und wieder, über Judenwitze und betrachtete eine Heirat zwischen Juden und Christen als unmöglich, wenngleich erst die Nazis das Wort von der Rassenschande erfanden.»

Erich Plauth hatte keine Bedenken, auch Marias handschriftliche Notizen, wie die über das Verschwinden des Kriegerdenkmals, mit einzuarbeiten. Alles Leben gehörte zu dem Roman, der aus der Wirklichkeit bestand und nur aufgeschrieben zu werden brauchte. Keiner hatte ein Recht darauf, in dem, was er, Plauth, aufschrieb, nicht vorzukommen. «Nicht die Literatur ist die große Diebin, die darüber bestimmt, was ihr gehört», dachte er. «Die Menschen sind Diebe, die der Literatur etwas vorenthalten.»

XXVI.

Bruno Leimert war hinter dem Haus und hatte ein kleines Schaf zwischen den Beinen. Er trug eine verdreckte Arbeitshose aus Manchesterstoff, ein ärmelloses Netzhemd und hatte einen ausgefransten Strohhut auf. Gegenüber den Saumlosern spielte er gern die Rolle des geistigen Erziehers. Wo immer es etwas umsonst gab, war Bruno Leimert dabei und hielt, gebeten oder ungebeten, mit kräftiger Stimme eine Festansprache.

Der Jugend rief er zu: «Reif werden und rein bleiben!» In Männergesellschaft brauchte er zuweilen den Satz: «Das deutsche Volk muß von Zeit zu Zeit in Blut und Eisen gebadet werden.» Waren Frauen dabei, neigte er zu kleinen Witzchen, wobei er verballhornte Klassikerzitate heranzog:
«Und drinnen züchtet die gewaltige Hausfrau.»
Zu vorgerückter Stunde kam er auf die sexuelle Überlegenheit des Mannes über die Frau zu sprechen, wobei er vor allem hinsichtlich seiner eigenen Potenz Andeutungen machte.

«Jetzt schauen Sie sich das an», sagte er, beugte sich über das Hinterteil, faßte das Schwanzende mit spitzen Fingern und hob es an. Der Lämmerschwanz war eine schwarze, verfaulte Masse, die nur noch am unteren Ende etwas Wolle hatte. Auf dem dicken Ende nahe des Körpers saß ein Gummiring, der den Schwanz abgeklemmt hatte. Auf der Wunde wimmelten weißliche, fette Maden. Auch die Scheide war voll davon.

Erich Plauth spürte ein Würgen. Angeekelt wendete er den Kopf und richtete sich auf.
Bruno Leimerts Leidenschaft war die Heimatkunde. Seit Jahrzehnten hatte er alles gelesen, was es über die Ritterschaft gab. In seiner Freizeit führte er Grabungen aus. Ziesche Helm hatte sich über ihn lustig gemacht.
«Wenn der Bruno irgendwo im Wald einen schwarzen Fleck sieht, behauptet er gleich, eine alte Köhlerhütte gefunden zu haben.»

Wenn er jetzt über die Juden sprechen sollte, die früher hier ansässig waren, so mußte er einige Wahrheiten aussprechen, die heute nicht gerne gehört werden.
«Jeder hatte doch früher Schulden. Die Leute hatten geringen Verdienst, große Familien, da mußten sie zu den Händlern gehen, und durch die Zinsknechtschaft ist mancher sein Haus losgeworden. Die Juden haben die Bauern ganz schwer in Abhängigkeit gebracht. Da haben sie alles stehen und liegen lassen, das war damals noch möglich. Bei Nacht und Nebel sind sie weg. Nach Hamburg sind sie und haben sich mit dem Schiff rübergearbeitet, oder sind auch nach Frankfurt gemacht, bei Nacht und Nebel.»

Erich Plauth glaubte ihm nicht. Das verräterische Wort von der «Zinsknechtschaft» aus dem antisemitischen Sprachschatz ging Leimert zu glatt von den Lippen. Der Mythos vom Juden, der die armen Christenleut an den Bettelstab bringt, hat sich bis heute gehalten, dachte er. «Glauben Sie mir, Herr Plauth, ich weiß wovon ich rede», sagte Leimert eindringlich. «Ich habe nichts gegen die Juden. Ein Jude ist mir so lieb, wie jeder andere Mensch. Aber Juden und Christen in einem Dorf, das geht nicht zusammen.»

Erich Plauth widersprach: «Aber Jude, Herr Leimert, das ist doch nichts weiter als eine Religionsbezeichnung, als ob Sie sagen: Christ, Hindu oder Mohammedaner.»
«Das glauben Sie», sagte Leimert scharf, «beschäftigen Sie sich mit der Frage erst einmal. Die Taufe eines Juden verwischt nicht seine artfremden Eigenschaften, und auch bei den sogenannten Mischehen rasseechter Juden mit Ariern behält nachweislich das jüdische Blut immer die Oberhand.»

Das klang wie ein Satz aus einer antisemitischen Schrift der 30er Jahre, den Leimert schon so oft ausgesprochen hatte, daß er ihn für eigene Erfahrung hielt. Erich Plauth unterhielt sich mit ihm, bis es aus der Küche nach angebräunten Zwiebeln roch. Bruno Leimert nahm noch einmal die Schulchronik in die

Hand und drückte sie an die Brust, als falle es ihm schwer, sie wegzugeben. «Ich möchte nicht, daß jemand erfährt, woher Sie die Chronik haben», sagte er.

Erich Plauth lief durch die Felder in der glühenden Mittagshitze. Als Junge hatte er auf solchen Spaziergängen in der Natur ein göttliches Wesen zu spüren gemeint. In allem war es: In den wogenden Getreidefeldern, den schattenlosen Obstbäumen an den Wegrändern, den Weiden an den Wasserläufen und in den Gewässern selber, in den riesigen alten Bäumen, in deren Schatten die Bauern und Landarbeiter an Werktagen die Pausen verbrachten, in den großen blauen, emaillierten Kannen mit kaltem Wasser, gezuckert und mit einem Schuß Essig darin, die die Frauen auf die Felder brachten, sogar in den ausrangierten Pflügen, Eggen und Heuwendern, die an den Rainen verrosteten, schon halb von Gras und Unkraut überwachsen.

Sobald er dies Wesen zu spüren glaubte, meinte er auch Musik zu hören; Mozart, Haydn, Schubert und Beethoven zumeist. Eine Musik, die seinem Gefühl nach dem flirrenden Licht auf den staubigen Wegen und der drückenden Hitze entsprach, die etwas lebendiger wurde, wenn Wind aufkam und am Horizont dunkle Wolken auftauchten, sich steigerte, wenn der Wind stärker wurde und der Himmel sich verdunkelte, und desto gewittervoller wurde, je näher das Donnern kam. Wenn Donner und Blitz dann gleichzeitig fielen und direkt über ihm standen, knatterte die Tuba, schlugen die Becken zusammen, ertönte ein Wirbel auf der Kesselpauke, war das Orchester in höchstem Aufruhr.

Die Saumloser amüsierten sich, wie er dahinstürmte und mit den Armen gestikulierte. Er verübelte ihnen auch das, fühlte sich von allen verkannt. Dann träumte er, im Schloß zu wohnen, mit einer großen Bibliothek, Musikinstrumenten, schönen Möbeln und alten Gemälden, vor allem aber mit fließendem Wasser und Bad, denn daheim hatten sie nur zwei Eimer stehn, die von der Pumpe geholt werden mußten, und wuschen sich aus der Waschschüssel. Und Dienstpersonal, damit er nicht immer für seinen Vater den Garten umgraben mußte.

Ein adliger junger Mann mit Geld, der in der kühlen, halbdunklen Abgeschiedenheit seiner Räume die Zeit damit verbrachte, Gedichte zu schreiben wie Hölderlin, Erzählungen wie E. T. A. Hoffmann und manchmal auch wie de Sade, Klaviersonaten komponierte, Chopin und Liszt spielte oder allegorische Landschaften mit alten Gemäuern malte, die teils heiter, teils düster wirkten, je nach seiner eigenen Stimmung.

Er besäße nicht nur eine Jacke, die noch aus der Zeit der Care-Pakete stammte und auf der Tasche einen großen Tintenfleck hatte; er bräuchte nicht jeden Morgen um sechs nach Kassel zur Arbeit zu fahren und abends noch die Schule zu besuchen; nicht durch Pfützen oder Staubwehen mit dem Fahrrad zur Bahn nach Moppes zu fahren, hatte keinen Dreck an den Hosenbeinen, brauchte nicht mit seinem Bruder in einer winzigen Kammer zu schlafen. Er trüge Anzüge aus feinem Tuch im Stil der Romantik, hätte bleiche edle Gesichtszüge wie der Graf von Monte Christo in dem gleichnamigen Film, lange, feingliedrige Hände, keine roten, aufgedunsenen Griffel, und schwarzes Haar. Zum Lesen ginge er hinaus in den schattigen Garten, und die Abende verbrächte er mit Frauen, die Ähnlichkeit mit Vivien Leigh in der Rolle der Anna Karenina hätten.

Als Osses Frau das Mittagessen auftrug, sah er wieder das Schaf bei Leimert im Garten, die wimmelnden Maden, den abgefaulten Schwanz, das rote, entzündete Schwanzende, die grünen, metallisch glitzernden Schmeißfliegen, die in dem Schafpelz saßen, roch den Gestank nach verwestem Fleisch, sah das glanzlose Auge des Tieres, hörte sein stummes, lethargisches Leben. Er aß mit Widerwillen und hatte Mühe, das panierte Schnitzel halb hinunterzubringen.

Kein Wunder, daß er in seiner Jugend nicht bemerkt hatte, was mit Saumlos geschehen war. Brunos markige Sprüche, seine Vorliebe für das Deutschlandlied, dessen drei Strophen er in der Volksschule im Musikunterricht auswendig lernen ließ, die endlosen Kriegsberichte der Väter, ihre einfallslosen Versuche, der Nazi-Zeit doch ihre guten Seiten abzugewinnen – natürlich: er hatte sie dafür gehaßt. Das war nicht seine Welt. Er hätte ihnen zuhören müssen. Er hätte sich fragen müssen, was sich hinter ihren Sprüchen verbarg.

Auf dem Klo der Gaststätte mußte er sich plötzlich übergeben. Er stand am Spiegel und wusch sich das Gesicht, als Leimert hereinkam. Während des Pinkelns sagte er leichthin:
«Ach, was ich noch sagen wollte, Herr Plauth, ich muß die Chronik sofort zurück haben. Ich habe eben mit dem Bürgermeister telefoniert. Die Chronik ist eine amtliche Urkunde.»
«Das hätten Sie sich früher überlegen müssen», sagte Plauth.
«Ich bringe sie Ihnen morgen im Laufe des Tages.»
«Aber bitte gleich morgens.»
«Wenn ich sie ausgelesen habe.»
«Nichts wie Ärger hat man», sagte Leimert und zuckte ein paar Mal mit dem Unterleib.

XXVII.

Die Schulchronik von Saumlos. Zunächst führte Lehrer Knoth von 1872 bis zu seiner Pensionierung 1911 die Chronik. Ihm folgte Lehrer Schröder, der von 1911 bis 1945 Lehrer in Saumlos war. Der dritte und kleinste Teil, von Lehrer Leimert geschrieben, umfaßte die Zeit seit dem Zweiten Weltkrieg bis zur Schließung der Schule 1964. Schon auf Seite zwei erwähnte Lehrer Knoth erstmalig die Juden:

«Nach alten Urkunden sowie nach Mitteilungen der ältesten Leute dahier, hat Saumlos in frühester Zeit nur aus christl. Einwohnern bestanden. Später haben sich gegen Entrichtung eines gewissen Schutzgeldes an die Adlichen allmählig Juden (Schutzjuden genannt) dahier angesiedelt, und sollen die ersten so arm gewesen sein, daß sie nicht das nöthige Sabbathsbrod (Berches genannt) gehabt hätten, während die gegenwärtigen Juden fast alle in guten Verhältnissen leben.

Nach der am 1. December 1875 zu letzt stattgefundenen Volkszählung fanden sich in 106 Häusern und 121 Haushaltungen 263 Christen und 337 Juden, Erstere sind Bauern und Tagelöhner; letztere theils Krämer, Brantweinsgroßhändler, Vieh-, Fell-, Woll- und Fruchthändler.»

Erich Plauth hatte Mühe, die fremdartige Handschrift der Lehrer zu entziffern, und las daher zunächst nur die Passagen, die von den Juden handelten. Vor allem Knoth schilderte ausführlich einige Episoden, aus denen sich deutlich sein Unmut über die jüdischen Mitbürger ergab. So hatten nach seiner Darstellung die Juden von Saumlos schon 1792 ein altes Schäferhaus zur Synagoge umgebaut und 1862 ihre bisherige Religionsschule in eine öffentliche, jüdische Religionsschule umgewandelt. Da kurz darauf auch die politische Gemeinde ihre Schule fertigstellte, ergab sich ein Rechtsstreit.

«Nun ist die Frage», schrieb Knoth hinzu, «sind die Juden verbunden, zu den Schulbaukosten mit beizutragen, oder nicht? Die von hier ab erheblichen Schulbaukosten haben wir Christen zum größten Teil allein getragen. Hierauf gestützt, glauben die Israeliten von der Beitragspflicht zu den Bau- und Unterhaltskosten der christlichen Schule entbunden zu sein. Hiergegen möchten wir aus angeführten Gründen protestieren und erlauben uns deshalb besserer Sicherheit halber nachstehende untherthänigste Bitte ...»

Weiter berichtete Lehrer Knoth:
«Hierauf ließ die königliche Regierung mitteilen, daß nach den bereits hier und da stattgehabten ähnlichen Processen, besonders nach dem Oberappellationsgerichtsbescheid für Sterbfritz

bei Schlüchtern, die Juden als beitragspflichtig erkannt würden, was auch bei Saumlos geschehen würde. Trotzdem wurde von der gegenwärtigen Ortsbehörde aus Ängstlichkeit etc nur die Christengemeinde herangezogen.»

Ausführlich schilderte Knoth das Hinundher der Streitigkeit. Eine Beschwerde der Juden beim Ministerium in Berlin wurde abgewiesen, da die von den Gemeinden unterhaltenen Schulen auch für die jüdischen Kinder bestimmt seien. Das Recht, eigene Schulen zu unterhalten, entbinde die Juden nicht von der Beitragspflicht. Diese machten nun einen Vergleichsvorschlag. Sie seien bereit, ihre Schule zu schließen, falls sie eigenen Religionsunterricht abhalten dürften und ihr Lehrer in den Schuldienst übernommen werde. Auch darauf aber wollten sie verzichten, falls die politische Gemeinde der jüdischen Schule einen jährlichen Zuschuß von tausend Mark zahle.

Lehrer Knoth verzeichnete nicht, wie der Streit ausging. Interessant für Plauth war sein Bericht deshalb, weil er der jüdischen Gemeinde unverhüllt vorwarf, ihre Mehrheit in der Ortsverwaltung zu Lasten der Christen ausgenutzt zu haben. Immer wieder warf er den Juden Amtsmißbrauch vor:

«Im Monat April 1905 war ich bei der königlichen Regierung in Kassel um Erhöhung des Grundgehaltes eingekommen. Herr Landrat Trotta war hier selbst zugegen in der Gemeindeversammlung. Allein die acht jüdischen Gemeindevertreter haben dies abgelehnt. Eine zweite Gemeinde gibt es in ganz Deutschland nicht, wo Juden über den Gehalt eines christlichen Lehrers zu bestimmen haben. Das ist sehr traurig.»

Ein anderer Streitpunkt, der breiten Raum einnahm, war der Neubau der Schulstube, der Lehrerwohnung und der Schulscheuer. Elf Jahre lang dauerte sein Ringen mit der politischen Gemeinde, wenn man Knoth glauben durfte, genauer gesagt, mit der jüdischen Mehrheit der Gemeindevertretung, die Knoth als feige und eigennützig beschreibt. Schon in seiner allerersten Eintragung hatte er die angebliche Unfähigkeit der jüdischen Gemeinderäte beklagt. Scheinheilig eröffnete er seine Schilderung mit einer objektiven Bemerkung:

«Die christlichen Einwohner gehören zur uniierten Kirche und bilden mit dem eine Viertelstunde oberhalb gelegenen Ahlertshof eine selbständige Schul- und Kirchengemeinde. Als solche besitzt sie eine Kirche, eine Schule und eine Schuloeconomie. Die Kirche ist 1814 erbaut und enthält drei Glocken, eine Uhr und eine Orgel. Durch die seitens der christlichen Gemeinde getroffenen unglücklichen Wahl in den hiesigen Juden David Levi (Daubet genannt) und G. Roßmann zu Bau- und Kirchenkostenverwaltern ist infolge baulicher Unkenntnis derselben der Bau leider nur zum Nachteil der Gemeinde ausgeführt worden, indem man zum Fundament des Thurmes nicht Steine, sondern Eichenholz verwendet und das ziemlich bedeutende Kirchenvermögen verschwendet und Schulden herbeigeführt hat.»

Auch ein Prozeß, den Vizebürgermeister Selig Levi für die Ortsbehörde um einen in Privatbesitz befindlichen Wald führte, diente Knoth dazu, den Juden Mißwirtschaft vorzuwerfen, was schließlich auch dazu führte, daß Levi fortzog, nachdem die Gemeinde den Prozeß verloren hatte. Zumindest in einem Fall schien Knoth sich eines Mittelmannes bedient zu haben, um die Juden zu diskreditieren. So enthielt die Chronik ein Schreiben des Otto Baumbach, der den Ahlertshof bewirtschaftete, in dem ein Streit um den Schulgarten zum Vorwand genommen wurde, sich über den jüdischen Gemeinderat Amschel Klebe zu beschweren. Es lautete:

«Königliches Landrathsamt! Seit undenklichen Zeiten hat die evangelische Schule in Saumlos das vor dem Dorf gelegene, mit Obstbäumen bepflanzte Grundstück – der Rasen genannt – ungestört in Besitz gehabt, wogegen der jedesmalige Lehrer eine Gegenleistung von jährlich vier Thaler gleich zwölf Mark zu gewähren hatte. Dies hat so bestanden bis zum Jahre 1869, wo mehrere christliche Mitglieder in der Ortsbehörde ausschieden und durch Juden ersetzt wurden.

Im Frühjahr 1870 kam die Ortsbehörde ohne Fug und Recht her und nahm es der Schule ohne weiteres weg, um es anderweitig zu verpachten. Dieser Willkür wurde willfahrt auf das Bestehen eines einzigen Mannes. Im oben genannten Jahr kam Amschel Klebe I. in den Gemeinderath. Dieser trat nun sofort mit seinen schon lange vorher mit pomphaften Phrasen angekündigten reformatorischen Reden hervor. Sein Augenmerk lenkte derselbe hauptsächlich darauf, der allerdings in schlechter Lage sich befindenden Gemeindekasse Geld flüssig zu machen.

Dies an sich lobenswerthe Bestreben war nun aber mit verschiedenen Ungerechtigkeiten verbunden, so auch mit dieser. Verschiedene Gemeindevertreter mögen dies auch wohl mehr oder weniger eingesehen haben, daß viel zu Recht Bestehendes mit Gewalt beseitigt, auch Unrecht in sich schloß, allein keiner wollte sich den Anordnungen des Klebe widersetzen, der dieselben stets mit der ihm eigenen Energie und der dem ganzen Volk Israel angeborenen Geschwätzigkeit verteidigte, wodurch derselbe bis heute leider das Übergewicht bekam, und das derselbe leider bis heute auch unter dem Bürgermeister Krug mit noch viel größerer Energie verteidigt, den er nur als ein brauchbares Werkzeug in seiner Hand zu betrachten scheint.

So kommt es, daß Saumlos bloß pro forma eine Gemeindevertretung von 15 Mann hat, denn alle Ent- und Beschlüsse liegen ganz allein in der Person des Klebe. Dieser unnatürliche Zustand wirkt hauptsächlich deprimierend auf die christlichen Bewohner, denn wer sich nicht unbedingt seinen oftmals ungerechten Anordnungen fügt, dem werden bei passender Gelegenheit Strafen und Abgaben aufoctroirt.»

Der alltägliche Antisemitismus erschien Erich Plauth auf einmal plausibel. Ein junger Lehrer, frisch vom Seminar, vielleicht mit großen Plänen, strandete in Saumlos. 39 Jahre Lehrer auf dem Dorf, Mangel und Entbehrungen. Der Mann brauchte etwas, worauf er den Haß richten konnte, den er täglich in sich hineinfressen mußte. Jetzt eine politische Führung, die das Progrom legitimierte. Lehrer Knoth wäre dabei gewesen, das war sicher.

XXVIII.

Das Dorf schien vor Hitze verstummt zu sein. Kein Mensch auf den Straßen, die Höfe leer, selbst die Häuser wirkten unbewohnt, und nur einmal unterbrach das Rasseln einer Kette aus einem Stallgebäude, der dumpfe Laut einer Kuh die Stille. Plauth kannte dieses fast metaphysische Schweigen in den Dörfern im Hochsommer am Sonntag nach dem Mittagessen, wenn das Geschirr gewaschen, die Küche geputzt und aufgeräumt war, aus seinen Jugendtagen, aber heute erschien ihm das Dorf, als erlebe er eben den Beginn des noch gar nicht sichtbaren Verfalls einer Geistersiedlung.

In Wirklichkeit war alles ganz anders. Wer Beine hatte in Saumlos war an diesem Nachmittag im Zelt, um sich das Festprogramm anzuschauen, selbst die Uralten, die man sonst nur noch am Sonntagmorgen in der Kirche sah. Die jungen Männer standen dichtgedrängt an der Theke, die anderen saßen an den langen Kirmestischen, die zur Feier des Tages mit weißen Plastikdecken geschmückt waren, gestiftet von der Genossenschaft, wie das Reklamezeichen zeigte, das Signet der Raiffeisenkasse und die Aufschrift «Wir bieten mehr als Geld und Zinsen.»

Gleich würden die Festredner ans Mikrofon treten, der Kirmespräsident, der Ortsvorsteher, der Bürgermeister, die Vorsitzenden der wichtigsten Vereine, der Stellvertreter des Landrates, die Landtagsabgeordneten der beiden großen Parteien, die Pfarrer der zwei Konfessionen. Mehr oder weniger geübt im Umgang mit dem Wort würden sie allesamt von einem Hilfsverb überreichlichen Gebrauch machen: «Dürfen». «Und jetzt darf ich unseren verehrten Herrn ersten Beigeordneten ums Wort bitten», womit natürlich gemeint war, daß jetzt der Stellvertreter des Landrats zu uns sprechen durfte.

Austauschbar waren sie alle, wurden nicht müde, die Vorzüge des vielleicht etwas beschwerlichen Lebens in einer noch intakten Umwelt zu loben, jedenfalls in einem Land, das jedem zu leben gestattete, wie er es sich wünschte, das machte sich immer gut im «Zonenrandgebiet», in einer «Gemeinschaft», die die traditionellen Werte noch achtete und pflegte.

In einer Gemeinschaft. Die Gesellschaft war nichts, die Gemeinschaft war alles. Die dörfliche Gemeinschaft, in Not geprägt, die schlechtere Zeiten erlebt hatte als diese und in der – aber dies unausgesprochen – jene Elemente, die heute unsere Großstädte verschandeln, keinen Platz haben.

Politikerreden in Saumlos waren in erster Linie die immer wieder gern gehörten Geräusche beim Eintreten einer geöffneten Tür; waren das Bemühen, die Bauklötze der staatstragenden Ideologie in den gesellschaftlich verdünnten Raum der hintersten Provinz zu tragen, wo mangels hinreichender gesellschaftlicher Organisation und Organisierbarkeit nach Politikeransicht die Gefahr des Entstehens eines politisch-gesellschaftlichen Vakuums bestand.

Der Beifall richtete sich in erster Linie nach der Länge der Rede, in zweiter Linie danach, wie gut die Rede den Ansichten der Zuhörer entsprach. Betretenheit entstand nur einmal, als der erste Beigeordnete auf das Kaiserreich zu sprechen kam, das er einen undemokratischen Polizeistaat nannte, und von der Schuld der alten Mächte Deutschlands am Ausbruch des ersten Weltkriegs sprach, allerdings nur, um die freiheitlich demokratische Grundordnung der Bundesrepublik ins rechte Licht zu rücken. Nicht, daß man ihm seine Äußerung als solche verübelte. Aber Politik hatte auf einem Volksfest nichts zu suchen. Politik hatte überhaupt nichts zu suchen; nicht in der Gastwirtschaft, nicht auf der Arbeit, nicht im Verein und erst recht nicht beim Mittagstisch oder bei familiären Feierlichkeiten. Da konnten die Frauen ihren Männern nur zurufen: «Hört auf zu politisieren, das gibt bloß wieder Krach.»

Mehr Spaß machte das Festprogramm. Der Männergesangverein mit den Liedern «Die Ehre Gottes in der Natur», «Nächtliches Ständchen», «Heute geht's mit frohem Singundsang hinaus in die Natur» und «Abschiedslied»; der Spielmannszug Moppes, der vier Militärmärsche spielte, die Erich Plauth irgendwie an alte Wochenschauen erinnerten, in denen Paraden von Wehrmacht und SS-Truppen zu sehen waren; vier Frauen vom Landfrauenverein, die ein kleines Volksstück in hessischer Mundart einstudiert hatten; der Posaunenchor, der drei geistliche Lieder zu Gehör brachte und, eben, Marias Volkstanzgruppe. «Und jetzt darf ich Sie alle, meine lieben Saumloser, bitten, kräftig zuzulangen.»

Wieder wurden riesige Berge Plattenkuchen aufgetragen, vom Landfrauenverein, der den Kuchen auch gebacken und den Kaffee gekocht hatte. Es war eine Idee der Kirmesburschen, die sie ausgeheckt hatten, nachdem sie im Vorjahr durch die Kirmes rund 10000 Mark verdient und einige böse Stimmen im Dorf ihnen diesen kleinen Nebenverdienst geneidet hatten. Nun zahlten sie also dem Landfrauenverein die paar hundert Mark für die Zutaten zu Kaffee und Kuchen und gaben auch den Vereinen, die am Festprogramm teilnahmen, je hundert Mark in die Vereinskasse.

Zwanzig Minuten lang herrschte andächtige Stille im Zelt, während ganz Saumlos sich über Essen und Trinken hermachte, nur sanft unterlegt vom Klappern der Löffel und Tassen, vom halblaut gefragten «Magst du noch Kaffee, Opa Hans», «Gib mir noch mal die Sahne, Käthe». Sogar die jungen Männer am Tresen hatten ein großes Stück Schmoandekuchen in der Hand und mampften.

Danach schwoll das Stimmengewirr rasch wieder an, wurde der Krach verstärkt von Militärmärschen, die vom Kassettenrecorder kamen und über die Boxen der Kapelle liefen, bildeten sich Grüppchen, die tratschten: über die Ernte, über den Ärger, den sie mit dem Mähdrescher hatten, übers Bauen und welche Baustoffe für welche Baumaßnahmen zu empfehlen seien, über die Verwandten, die in der Stadt wohnten, über die Kinder und Jugendlichen, die auch nicht mehr so waren wie sie früher.

Ein paar Vollerwerbsbauern hatten sich um einen etwa siebzigjährigen, städtisch gekleideten Mann geschart, der das erste Mal seit zwanzig Jahren wieder in Saumlos war. Er war ein Bruder des alten Gutberlet, in Saumlos geboren, und hatte schon in jungen Jahren nach Krefeld gemacht, wo er ein Geschäft besaß. Die ersten Nachkriegsjahre hatte er bei seinem Bruder in Saumlos verbracht, weil es hier satt zu essen gab und weil er ausgebombt war. Nun war er zurückgekehrt, der einzige Erbe des Verstorbenen, um die Erbschaft zu sichten und sie auch möglichst lukrativ in bare Münze zu verwandeln.

Valentin Gutberlet war noch keine vollen drei Tage tot, und doch hatte die unerwartete Ankunft des Alleinerben die Ansichten über ihn verändert. Zwar konnte niemand daran vorbei, daß er Haus und Wirtschaft total verschlampt hatte. Aber sie lobten doch alle den Eifer, mit dem er sich bemüht hatte, seiner schweren Krankheit zum Trotz, das Beste aus dem Hof zu machen, und jeder hatte ihm dabei geholfen. Doelle Hans wollte ihm sogar mehrfach Saatgut und Futtermittel und ein paar Mal auch den Schlepper geliehen haben.

Kreft Kümpel und Herbert Schott saßen dabei und nickten mit den Köpfen. Knutscher hatte ihm oft die Maschinen repariert, umsonst versteht sich, und uns Kreft hatte schon seit Jahren nichts mehr fürs Schlachten verlangt, So groß war die Hoffnung, ein paar Acker Land, ein Stück Wiese oder etwas Wald zu einem annehmbaren Preis zu erwerben.

Erich Plauth saß zwischen ihnen, als gehörte er schon dazu, und auch die Saumloser begannen, sich an sein Aussehen zu gewöhnen. Ein paar Geschichten fielen ihm ein, die er vorhin, nach dem Essen, in der Schulchronik gelesen hatte.

Zweimal, 1945 und 1946, am Abend des 9. November, habe die amerikanische Besatzungsmacht Gedenkfeiern veranstaltet, aus Anlaß der sogenannten Kristallnacht 1938, und die Teilnahme aller erwachsenen Bürger aus Saumlos angeordnet. Eine Abordnung ehemaliger KZ-Häftlinge, die nicht von hier waren, wie Lehrer Leimert ausdrücklich hervorhob, habe einen Kranz an der Stelle niederlegt, wo früher die Synagoge stand, in der Judengasse. Dann habe ein amerikanischer Besatzungsoffizier gesprochen, in deutscher Sprache. Vermutlich ein Emigrant.

Das Wort klang anrüchig. Schon 1947 sei die Veranstaltung entfallen, schrieb Leimert abschließend, die sich bei den meisten Saumlosern keiner Beliebtheit erfreut habe, wohl weil die Teilnahme nicht freiwillig war.

Im gleichen Jahr auch war Lehrer Rosenberg versetzt und Leimert an seiner Stelle berufen worden. Über die Versetzung enthielt die Chronik sogar eine Zeitungsmeldung. Sie war kurz und treffend:

«Saumlos. In dem nordhessischen Dorf Saumlos ist ein Schulstreik ausgebrochen. Die gesamte Elternschaft lehnt den aus dem benachbarten Ersen nach Saumlos versetzten Lehrer Rosenberg ab, weil er Unfrieden im Dorf gestiftet habe, indem er

Mitbürger vor die Spruchkammer gebracht habe. Die Eltern erklärten, daß sie ihre Kinder solange nicht zur Schule schicken würden, bis Rosenberg wieder versetzt ist.»

Die dritte Geschichte handelte vom «roten Landrat». Er war ein Landarbeiter, der auf dem Rittergut schaffte und Betriebsrat war. Sichtlich erleichtert verzeichnete Leimert, daß er das Dorf verlassen habe. Die Hofarbeiter habe er aufgewiegelt und Unruhe geschaffen im Dorf. Am meisten habe man ihm verübelt, daß er die Maßnahmen der Besatzungsmacht in der sowjetisch besetzten Zone Deutschlands gutgeheißen, die Vertreibung der Deutschen aus den Ostgebieten als Folge des Krieges bezeichnet habe, die sich die Deutschen selbst zuzuschreiben hätten.

Vor allem der Tenor dieser Eintragungen hatte Plauth verblüfft. Leimert kommentierte nicht, und doch wirkte es wie eine Stellungnahme, daß er ausgerechnet diese Ereignisse verzeichnet hatte.

Erich Plauth hatte noch ein anderes Ereignis gesucht. Anfang der fünfziger, das Jahr war ihm entfallen, hatte die Polizei einen etwa fünfzigjährigen Mann verhaftet, der auf dem Hof schaffte, mit einer 25 Jahre jüngeren Frau verheiratet war und mehrere kleine Kinder hatte. Er stammte angeblich aus dem Osten und war erst nach dem Krieg nach Saumlos gekommen. Als er verhaftet wurde, hieß es plötzlich, er sei als SS-Mann in einem KZ-Lager tätig gewesen und habe Menschen ermordet.

Niemand mochte glauben, daß ausgerechnet dieser Mann ein Mörder sein sollte, aber später hatte man nie wieder etwas von ihm gehört. Warum hatte Leimert nicht dieses Ereignis verzeichnet?
Und noch etwas war Erich Plauth beim Durchblättern der Chronik aufgefallen: Fünf Seiten fehlten. Sie umfaßten den Zeitraum von Oktober 1938 bis September 1939. Die Zeit, in der in Saumlos die Synagoge brannte und die letzten Juden das

Dorf verließen, die Deutschen die Tschechoslowakei überfielen und der Zweite Weltkrieg ausbrach.

Er hörte eine leise Stimme am Ohr und sah eine junge Frau in einer weißen Kittelschürze, die eine große Kaffeekanne in der Hand hielt. «Noch Kaffee, Herr Plauth?» hatte sie gesagt. Er nickte. Während er noch ein Stück Kuchen aß, schaute er um sich. Etwa die Hälfte der Leute im Zelt mußte die Zeit miterlebt haben.

Sie waren ihm sympathisch und er fürchtete, daß es ihm schwerfallen würde, mit ihnen darüber zu reden, was vielleicht auf den fehlenden fünf Seiten stand.
Mit Maria konnte er darüber reden. Sie war nicht von hier. Sie saß einige Tische weiter, umringt von Honoratioren, dem Doktor, dem Tierarzt, dem Bürgermeister, den zwei Pfarrern, dem Landmaschinenhändler, dem Raiffeisendirektor, dem Millionär und Pferdezüchter, der den Ahlertshof gekauft und wieder hergerichtet hatte, den beiden Landtagsabgeordneten, den Ortsvereinsvorsitzenden der zwei großen Parteien und Leimert; der war auch da.

Ein paar Mal winkte sie ihm zu.
Er stand auf, ging zurück in den Gasthof und legte sich hin. Er träumte von ihrem Po und dachte an das alte Schulhaus von Saumlos, das zu verkaufen war.

XXIX.

Bald 35 Jahre danach erinnerte sich der seit einigen Wochen verwitwete Landwirt Hans Doelle, der in diesem Jahr fünfzig wurde, der Nacht vom 9. zum 10. November 1938, als in Saumlos die jüdischen Geschäfte verwüstet wurden und die Synagoge brannte. Die Brandstifter trugen Masken, aber der Vorbeter erkannte den Pfarrer von Saumlos, als ihm die Maske verrutschte, und sagte:

«Das ist ja mein Glaubensbruder», oder so ähnlich.
Ein schönes Fachwerkhaus war die Synagoge gewesen, der untere Teil massiv, die hätten sie stehen lassen und wieder aufbauen sollen. «Wirklich schade, daß die abgebrannt ist», hatte er nach dem Krieg manchmal gesagt, aber seine Leute hatten geantwortet:
«Halt dich da raus, Hans, da kannst du doch nichts dran machen.»

Er saß im Amtszimmer des Bürgermeisters der Großgemeinde, betrachtete die Einrichtung und wartete, bis er dran kam. Seine Frau war lange bettlägrig gewesen, bevor sie starb, und monatelang war zweimal täglich eine Nachbarin vom Arbeitskreis Diakonie ins Haus gekommen, hatte der Frau schmerzstillende Spritzen gegeben, die Laken gewechselt und sie gewaschen. Morgens hatte sie mit ihr ein Kirchenlied gesungen und abends mit ihr gebetet.

Ein hübsches Sümmchen hatte Doelle Hans ihr dafür gezahlt, und Bargeld war knapp. Der Gegenwert von einem Zentner Weizen habe sich seit 1938 nicht erhöht, hatte der Redner vom Bauernverband auf der letzten Jahresversammlung im «halben Mond» gesagt. Seither wußte er, warum die Landwirtschaft sich nicht mehr lohnte. «In der Ostzone haben sie die Bauern durch die Kollektivierung kaputt gemacht, und bei uns machen sie sich kaputt durch die Preise», pflegte sein Nachbar Franz Waldkirch zu sagen, wenn sie über die Landwirtschaftspolitik sprachen. Nun wollte Doelle Hans von der Gemeinde die Kosten für die Krankenpflegerin vom Bürgermeister erstattet haben. Das stehe ihm zu, hatte Ziesche Helm, der Ortsvorsteher, gesagt.

In jener Nacht hatten die maskierten Männer, die bis auf den Kiebitzgrund hin ins Dorf gekommen waren, die Juden im Feuerwehrgerätehaus zusammengetrieben. Dabei beschimpften sie sie und einige, die sich hervortun wollten, hatten sie auch getreten und geschlagen. Als alle jüdischen Männer beisammen waren, hatten sie den engen Raum abgesperrt und einer hatte den Vorschlag gemacht, drumherum Reisigbündel aufzuschichten und anzuzünden. Doelle Hans wußte nicht, warum man die Juden dann doch nicht verbrannt hatte, aber er hatte gehört, daß Nachtigalls Ernst, der bei den Nazis Bürgermeister von Saumlos war, gedroht hätte, sein Amt niederzulegen und die Täter anzuzeigen, falls den Juden ein Haar gekrümmt werden sollte. Doch das hörte man erst nach dem Krieg, im Spruchkammerverfahren gegen Nachtigall.

An der Wand hingen alte Ortsschilder von Moppes, Saumlos und Klein-Calden aus dem Kaiserreich, die man frisch angestrichen hatte. Heute waren sie vereint unter dem neuen Ortsnamen Nüstetal, aber in den Dörfern hatte man sich noch nicht damit abgefunden, daß man nicht mehr selbständig war. Links stand der große Schrank, den Schreinermeister Klapproth aus Vockerode für das erst kürzlich eingeweihte Bürgerhaus von Moppes gebaut hatte. Auch das hatte Kontroversen in den Ortsteilen ausgelöst, die Millionen, die das Haus, und die paar tausend Mark, die der Schrank gekostet hatte. «Von der Gebietsreform hat der Bürger rein garnichts. Jetzt geht unser ganzes Geld in die Hauptgemeinde, und die kleineren Ortsteile schaun in die Röhre. Habt Ihr den Riesenschrank gesehen, den sich der Bürgermeister hat anfertigen lassen?»

Danach waren alle, die an der Aktion beteiligt waren, von Judenhaus zu Judenhaus gezogen, hatten das Mobiliar durch die Fenster auf die Straße geworfen, sämtliche Scheiben zerschlagen, die Regale in den Läden umgeworfen und die Gärten zertrampelt. Noch in derselben Nacht war ein Lastwagen der SA von Ersen gekommen, hatte sämtliche männlichen Juden aufgeladen und nach Buchenwald verfrachtet. «Buchenwalde» hatten die Leute gesagt, aber Doelle Hans hatte sich nicht vorstellen können, was das bedeutete. Erst nach dem Krieg hatte er erfahren, daß Buchenwald ein Konzentrationslager war.

Beim Abtransport der Juden hatte es einen Zwischenfall gegeben. Als der Lastwagen schon fahrbereit war, kam plötzlich Krugs Ernst gelaufen, der Müller, der es im Ersten Weltkrieg bei der Kavallerie bis zum Feldwebel gebracht hatte und auch nach dem Zweiten Weltkrieg noch deutsch, national und kaisertreu war, hatte eine Pferdedecke in der Hand, reichte sie dem Vorbeter auf dem Lastwagen und sagte, sodaß alle, die dabei waren, es hören konnten:
«Da, nimm Stern, die wirst du brauchen. Da wo du hinfährst ist kalt.»

Einer der SA-Leute hatte sich drohend vor ihm aufgebaut, ihn mit seinem Bauch etwas zurückgestoßen und leise gefragt:
«Nimm die Decke zurück, oder willst du gleich mitfahren?!»
Aber Krug hatte nur gesagt:
«Die Decke ist mir. Damit kann ich machen, was ich will.»

Der jetzige Bürgermeister von Nüstetal war ein großer, gutgewachsener Mann mit gewandten Bewegungen, einer selbstbewußten Stimme und einem gut geschnittenen Anzug. Vor seiner Wahl war er Bezirksvertreter einer Bausparkasse gewesen. Er wirkte wie ein gutsituierter Geschäftsmann, nicht wie ein Politiker oder Beamter, fand Doelle Hans. Er gehörte der SPD an, aber es gab nichts, was gegen ihn gesprochen hätte. Als die SPD im Vorjahr die Mehrheit in der Gemeindevertretung verloren hatte, war er trotzdem wiedergewählt worden; mit den Stimmen der CDU. Der Ortsvereinsvorsitzende der Christdemokraten pflegte das so zu begründen.:

«Der Senning könnte genausogut in unserer Partei sein. Den abzuwählen könnte uns nur schaden.»

Wer etwas zu sagen hatte in Nüstetal schätzte ihn, weil er saufen konnte; die Vereinsvorsitzenden schätzten ihn, weil er an ihren Jahresversammlungen teilnahm und ein kleines Geschenk der Gemeindeverwaltung überbrachte; die Feuerwehrkameraden hatten Achtung, weil er einen Schlauchwagen und sogar ein Funksprechgerät angeschafft hatte; die DRK-Kameraden, weil er viermal im Jahr zum Blutspenden kam, die Kleinunternehmer und Nebenerwerbsbauern, weil er auf die Gewerkschaften schimpfte, die die Preise in die Höhe trieben, die entschiedenen Christen, weil er auf den Pfarrer schimpfte, der die Jugend zu Kriegsdienstverweigerern erziehe und politische Predigten halte, nur die paar Bauern und Lehrer waren sauer auf ihn: Die einen, weil er zu sagen pflegte, ihnen gehe es zu gut, und die anderen, weil er behauptete, sie seien faul.

Doelle Hans hob den Blick von den alten Rezessakten, in denen alle Wegerechte und Anliegerpflichten im Gemeindegebiet seit dem vorigen Jahrhundert vermerkt waren, und wollte sein Anliegen vorbringen, jetzt da er mit dem Bürgermeister allein im Amtszimmer war. Aber da ging die Türe auf und eine ältere Frau aus Vockerode kam herein, die mit Doelles flüchtig bekannt war. Er sagte deshalb nur:
«Nehmen Sie nur erst die Frau Huff dran, Herr Bürgermeister, bei mir dauert's länger.»

Danach, als die Huff gegangen war und er wieder zu sprechen anfangen wollte, kamen zwei Gemeindearbeiter herein, die er ebenfalls kannte, danach ein junges Ehepaar, das seine Reisepässe abholen wollte, danach der Standesbeamte und so fort. Jedesmal, wenn jemand hereinkam, forderte Senning ihn auf, sein Anliegen vorzubringen, aber Hans lehnte ab:
«Ich kann warten.»
Der Bürgermeister zuckte nur mit den Achseln, sagte:
«Wie Sie meinen, Herr Doelle» und nahm den neuen Besucher dran.

Sie hätten immer ein gutes Verhältnis zu den Juden gehabt, hatte sein Vater nach 45 manchmal gesagt, auch als die Nazis schon dran waren und weit über ein Drittel der nicht-jüdischen Saumloser schon in der Partei oder einer ihrer Organisationen waren. Der Lehrer Oppenheim hätte bis zuletzt abends die Milch bei ihnen geholt, wie früher, nur daß er jetzt von hinten, durch den Garten kam, wenn es dunkel war, und immer erst warten mußte, bis kein Fremder mehr im Haus war.

Ihm und seiner Familie hätten sie auch andere Lebensmittel verkauft, als niemand auf den Dörfern sich mehr traute, den Juden etwas zu verkaufen; auch die Lebensmittelgeschäfte nicht. Am Abend des 9. November, kurz bevor das Theater losgegangen sei, habe Lehrer Oppenheim noch an die Hintertür geklopft, Hans Doelle, Vater eine kleine Schatulle mit Geld, Uhren und Schmuck gegeben, und ihn gebeten, die Sachen für ihn aufzubewahren.

Nicht alle in Saumlos seien so uneigennützig gewesen. In der Nacht gab es einen Toten: Den jüdischen Viehhändler Katz. Die offizielle Version lautete, er habe vor Aufregung einen Herzschlag erlitten, als Anton Kümpel und Karl Schott, aus Saumlos beide, der eine Landwirt und Metzger, der andere Schmied und Landwirt, die Haustür aufbrachen, um ihn ins Feuerwehrgerätehaus zu bringen. Später kursierten Gerüchte, sie hätten in seinem Haus das Vertiko erbrochen, 30000 Goldmark geraubt und ihn niedergeschlagen, als er sich zur Wehr gesetzt habe. Nur zwei oder drei Mal in der Familie hatte Doelle Hans' Vater davon gesprochen, wenn er besonders wütend war, da er die Schotts und die Kümpels nicht leiden konnte, und nicht ohne hinzuzufügen:
«Aber ich will nichts gesagt haben.»
Der Schott und der Kümpel, das waren für ihn zwei Erbschleicher, die ihre Frauen nur des Geldes wegen geheiratet hatten.

Es war Doelle Hans peinlich, vor fremden Ohren davon zu sprechen, daß er von der Gemeinde einen Zuschuß zu den Kosten für die Krankenpflegerin haben wollte. Nachher hieß es noch im Dorf, er wolle sich die Pflege seiner Frau nichts kosten lassen. Er nahm den Hut vom Haken und sagte rasch:
«Ich komme vielleicht morgen noch einmal vorbei, Herr Sening, wenn wir etwas mehr Ruhe haben.»

Am nächsten Morgen hing an der ausgebrannten Synagoge, die noch qualmte, ein Schild mit der Aufschrift:
«Volksgenossen! Saumloser! Der Vater der Juden ist der Teufel.» In der Gastwirtschaft zum «halben Mond», sagte der Lehrer, der auch Ortsgruppenleiter war, zum Pfarrer:
«Wurde aber auch Zeit, daß sich Saumlos uneingeschränkt zum Führer bekannte.»

Der Pfarrer war ein entschiedener Anhänger der «Reichskirche», hatte sein Amt aber behalten.

In der Ersener Zeitung stand zu lesen, in Saumlos habe die SA die Juden vor Angriffen der erregten Bevölkerung in Schutzhaft nehmen müssen.
Etwa sechs Wochen danach wurden sie wieder freigelassen. Sie sahen hungrig aus und trauten sich kaum noch auf die Straße. Bald darauf waren die letzten von ihnen weg, aber Hans Doelle wußte nicht, wohin und ob sie freiwillig gegangen waren.

Erregt war eigentlich niemand gewesen, soweit Hans Doelle gehört hatte. Nur sein Vater hatte einmal gesagt:
«Das war ein ganz eiskalt geplanter Schlag, um die Juden hier loszuwerden. Ich könnte dir Namen hier nennen, da konnte sich keiner über die Juden beklagen. Der Jude war manchmal ehrlicher als mancher, der jeden Sonntag brav in die Kirche ging. Aber von mir erfährt keiner was. Ich will keinen Unfrieden stiften. Das überlaß ich den andern.»

XXX.

Unterdessen wurde an diesem ersten Julimontag des Jahres 1973 bereits das nächste Gemeindefest in Saumlos vorbereitet: die goldene Konfirmation. Zu diesem Zweck hatten sich die Frauen vor der Kirche versammelt, um gründlich reinezumachen. Konfirmiert wurde in Saumlos zwar seit altersher am letzten Sonntag vor Ostern, aber die silbernen und goldenen Jahrestage der Konfirmation, die auch nicht jährlich stattfanden, sondern für mehrere Jahrgänge zusammen, hatte der Pfarrer auf den Hochsommer legen lassen. Da war das Wetter besser.

Die Frauen trugen bunte Kittelschürzen und geblümte Kopftücher, hatten einen Eimer in der einen und einen Besen oder Schrubber in der anderen Hand, standen vor der Kirchentür, unterhielten sich und warteten auf die Küsterin, die sich verspätet hatte; fast so, als stünde irgendwo ein Fotograf, um eine Gruppenaufnahme zu machen.

Ziesche Helm, Osses Vater, und Erich Plauth kamen die Straße entlang, aber gemächlich, da Kleinschmidt ein Hüftleiden hatte. Die Frauen grüßten sie gutgelaunt und machten ihre Witzchen über die beiden Männer.
«Na, ihr zwei beiden!», rief Kaufmanns Anita, «wollt ihr uns helfen geputz? Mir haben uns auch extra heiße Höschen angezogen.» Dabei hob sie ihre Kittelschürze, unter der eine lange Trainingshose zum Vorschein kam.

Erich Plauth grüßte verlegen zurück, während Ziesche Helm mit dem Kopf nickte. So waren die Frauen. Eine allein kriegte den Mund nicht auf, aber wenn sie zu mehreren waren, hatten sie ein lockeres Mundwerk.

Ziesche Helm war der erste freigewählte Bürgermeister nach dem Krieg gewesen und hatte das Amt bis zur Gebietsreform bekleidet. Zuallererst hatten die Amis gleich nach dem Einmarsch den «roten Landrat» zum kommissarischen Bürgermeister ernannt. Der hatte bei den Nazis im Lager gesessen, weil er ein Kommunist war. Aber genau das machte ihn unbeliebt, sodaß er 1946, bei der ersten Kommunalwahl, nicht einmal mehr in die Gemeindevertretung kam.

Warum er sich zum Bürgermeister habe wählen lassen, wo er sich für die Politik nicht interessiere, wollte Erich Plauth wissen. «Einer mußte es ja machen», antwortete Kleinschmidt. «Die sind zu mir gekommen und haben mich gefragt, weil ich einer der wenigen war, die nicht in den Partei waren.»
«Wer?», fragte Plauth, «wer kam zu Ihnen.»
«Zechmanns Valltin, der Gutberlet, der Nachtigall, der bei den Nazis die meiste Zeit Bürgermeister war; der Lehrer, den die Amis ja abgesetzt hatten, weil er auch in der Partei war; der Graf und die anderen alle. Sogar der Pfarrer.

Die suchten einen, der keinen Unfrieden stiftete im Dorf und nicht immer in diesen alten Sachen herumrührte, die vorgefallen waren bei den Nazis, das mußte ja aufhören. Man kann in einem Dorf nicht zusammenleben, wenn man dauernd Angst haben muß, angezeigt zu werden, und andererseits brauchten sie einen, der sich nicht die Hände schmutzig gemacht hatte. Deshalb sind sie zu mir gekommen.»

«Und Sie haben es gemacht», sagte Plauth halb fragend, wobei er sich bemühte, seine Worte etwas vorwurfsvoll klingen zu lassen.
«Ich oder ein anderer hätte's gemacht, aber man wußte ja nicht, was der gemacht hätte.»
«Und Sie haben nie Ärger gekriegt deswegen?»
«Weil ich keinen angezeigt habe?»
Plauth nickte.

«Doch, einmal», sagte Ziesche Helm und schwieg.
Plauth bohrte. «Warum, oder wollen Sie das nicht sagen?»
«Das war, als die Schulchronik wieder auftauchte, nachdem ich sie dem neuen Lehrer übergeben hatte.»

«Bruno Leimert?»
«Der nicht», sagte Kleinschmidt abfällig, «der hätte nichts gesagt; aber sein Vorgänger.»
«Und was war mit der Chronik?»

«Da fehlten fünf Seiten, und plötzlich hieß es, ich hätte Urkundenfälschung begangen. Ich bin dann zum Herrn Graf, und daraufhin wurde die Sache eingestellt.»

Sie standen vor einem geräumigen Fachwerkhaus in der traditionellen Bauweise. In der Mitte der Eingang, links und rechts je ein großer Raum, im Obergeschoß eine geräumige Diele und noch einmal zwei große Räume links und rechts. Daneben die Scheune; alles unter einem Dach. Erich Plauth wußte aus Erfahrung, daß die Räume links und rechts der Haustür zumeist noch einmal nach hinten unterteilt waren, sodaß das Haus mindestens sechs Räume hatte, dazu den Dachboden, den er ausbauen konnte.

«Das ist sie», sagte Ziesche. «Genug Platz haben Sie da.»
Er schloß die Tür auf und ließ Plauth den Vortritt.
Geradeaus die Waschküche, in der noch die Handpumpe stand, obwohl es seit den 30er Jahren auch fließendes Wasser gab. Die elektrische Leitung bestand lediglich aus zwei Drähten, die an Porzellanknöpfen befestigt waren, und stammte aus der Zeit der ersten Elektrifizierung. Dort, wo die Drähte durch die Wand kamen, hatte eine Schwalbe ihr Nest gebaut.

Die Art des Hauses kannte Plauth aus seiner Schulzeit bei Bruno Leimert. Rechts neben der Haustür lagen bei diesem Haustyp ursprünglich die Ställe, zugleich vom Flur und von der Scheune zu betreten. Die Räume darüber im ersten Stock, die von der Diele und vom Heuboden aus erreichbar waren, dienten ursprünglich als Fruchtboden. Bewohnt wurde nur die linke Seite des Hauses, aber je nach Gelände hatte man denselben Haustyp auch seitenverkehrt gebaut. Sogar die Grundmaße waren ziemlich konstant: Mit Scheune etwa dreizehn auf zehn Meter. Erich Plauth überlegte, daß das Haus in den 20er Jahren des 19. Jahrhunderts, vielleicht sogar als Bauernhaus gedient hatte.

«Und was ist das?», fragte Plauth und wies auf eine Klappe in der Decke.
«Da geht's zum Dachboden.»
«Darf man da mal rauf?»
«Aber bitte», sagte Kleinschmidt, nahm einen Stock mit einem Haken, der auf der Seite stand, öffnete die Bodenklappe und zog sie herab. «Jetzt ziehn Sie die Treppe aus», sagte er.

Erich Plauth stieg die paar Stufen hinauf. Im Halbdunkel des Dachbodens lagen einige alte Schulbänke, das Lehrerpult, zusammengerollte Landkarten, türmten sich Papierberge, herrschte ein fast undurchdringliches Durcheinander. Erich Plauth sah sich bereits in wochenlanger Drecksarbeit diese Schätze durchwühlen. Er ging einige Schritte. Sein Fuß stieß gegen einen winzig kleinen Kachelofen für eine Puppenstube.

Auf einer Blechwanne voll alter Schuhe und Krimskrams lag ein winziges Paar Lederschuhe. Ein paar Schritte weiter lagen haufenweise auf Karton gezogene Schautafeln zur Illustration des Unterrichts, alle bunt bemalt. Eine Abbildung zeigte ein germanisches Gehöft, davor Germanen mit verschiedenen Arbeiten beschäftigt, der eine trug einen toten Eber auf der Schulter, der andere schnitzte Pfeile, spielende Jugendliche, alle in malerischer Fellbekleidung, Kleinkinder, die an den Röcken der Mütter hingen; im Vordergrund schleppte ein römischer Sklave mit schwarzem gekräuseltem Haar und scheelem Blick ein großes Bündel Holz für die Küche.

Zahlreiche Abbildungen zeigten biblische Szenen und Bilder aus der ruhmreichen deutschen Geschichte, Kaiser Barbarossa im Kreise der Edlen des Reiches, Kaiser Wilhelm im Kreise der Deutschen Fürsten, die Schlacht bei Sedan; andere hatten zur Illustration des Biologieunterrichts gedient, junge Schlangen im Nest, ein Querschnitt durchs Erdreich mit Kavernen, in denen Maikäfer in den verschiedenen Phasen ihrer Entwicklung lagen.

Maikäfer, die sie von den Bäumen am Rand des ehemaligen jüdischen Friedhofs geschüttelt hatten; Schlangen, die früher in der Mittagshitze im Staub der Dorfstraßen lagen. Das gab es jetzt auch schon längst nicht mehr. Die zahlreichen heimischen Vogelarten auf einer der Schautafeln. Ausgerottet wie die heimischen Israeliten.

Von unten hörte er Ziesche Helm rufen. Er trat an die Luke und rief hinunter, er wolle sich noch das Dachgebälk gründlich anschauen.
«Mit einem Mal kracht uns noch das Dach über dem Kopf zusammen.»
«Ich gehe schon mal!» rief Ziesche Helm zurück. «Vergessen Sie nicht abzuschließen. Der Schlüssel liegt hier auf dem Fensterbrett.»

Im Nebenraum, gleich gegenüber dem oberen Heuboden, standen drei alte Schulschränke. Plauth entrollte einige Landkarten: Das deutsche Reich in den Grenzen von 1937. Das deutsche Kolonialreich. Die Schlacht bei Tannenberg.
Eine Karte zeigte die Flüchtlingsströme nach 1945. Verschieden dicke Pfeile wiesen aus verschiedenen Gebieten im Osten nach Westen. Daneben standen Zahlen, einige Hunderttausend, einige Millionen. Eine andere Karte zeigte die Bedrohung des freien Westens durch die im Osten stationierten kommunistischen Truppenverbände. Unten im Schrank lagen Bilder von Friedrich Schiller, Luther und Melanchthon.

XXXI.

Plauth griff ein Schulheft aus einem der Schränke und blätterte es durch. Er blieb an einem Aufsatz hängen, in Schönschrift geschrieben, las die ersten Zeilen, klappte das Heft noch einmal zu, schaute sich den Aufkleber an. «Mechthild Mansbach, 13 Jahre, Klasse 7, Volksschule zu Saumlos, Reg. Bez. Kassel», stand auf dem Heft. Der Aufsatz war überschrieben «Der totale Krieg» und lautete:

«Das Weltjudentum wollte Deutschland und ganz Europa vernichten. Daß ihnen der Plan nicht gelingt, müssen wir alle Kräfte für den Endsieg einsetzen. Heute kämpfen wir um unser Leben, entweder für den Sieg oder für den Tod. Ein Jude schrieb in einem Buch: Ein Jahr genügt, um die 350 Mill. Europäer zu vernichten. Was den Panzern, Flammenwerfern und Gas entflieht, wird in die Bergwerke nach Sibirien gebracht. Europa soll eine einzige Wüste werden. Und die großen Städte sollen von den Panzern glattgewalzt werden. Ein anderer Jude schrieb, er sehe nicht ein, daß Juda zurücktreten solle, besser wäre es, wenn Europa vernichtet würde. So schrieben die Juden schon vor paar Jahren. Heute kämpfen wir gegen den jüdischen Bolschewismus, der uns gar zu gern vernichtet hätte. Darum hat der Führer den totalen Krieg verkündet. Totaler Krieg heißt: Allgemeiner Krieg. Wir denken an die kimberischen Frauen und Kinder, die ihren Männern und Vätern Äxte, Steine und Lanzen reichten, bis sie verwüstet am Boden lagen. Früher kämpften die Frauen an der vordersten Front. Heute kämpfen sie in der Heimatfront. In den luftgefährdeten Gebieten muß ein jeder mithelfen, wenn Fliegeralarm ist. Schon die kleinen Pimpfe müssen wichtige Meldungen an die Polizeiwache bringen. Die größeren Jungen springen an die Flakgeschütze und feuern nach den feindlichen Fliegern. Die Frauen stehen ihren Mann an den Löschgeräten. Ein jeder, der jetzt zuhause abkommen kann, kommt in die Rüstungsindustrie. Auf dem Dorfe müssen die Frauen den Bauern bei der Feldarbeit helfen. Manche Bauersfrau muß jetzt im Kriege an der Stelle ihres Mannes den Bauernhof führen. Schon die kleinen Jungens nehmen den Ackerpflug in die Hand und ackern das Feld. Die Jugend ist aufgefordert worden, Heilkräuter zu sammeln. Denn heute brauchen wir viele Arzneimittel für unsere kranken Soldaten. Und mit freudigen Herzen sammeln wir heute Wildfrüchte und Altmaterial. Wir müssen siegen, weil wir leben wollen.»

Plauth rechnete nach. Die Aufsatzschreiberin war heute 43 Jahre alt. Er erinnerte sich an einen Satz, den ein etwa 45-jähriger Arbeiter am Sonntag im Festzelt gesprochen hatte. Plauth hatte seinen Tischnachbar gefragt, ob er ihm etwas über die Juden von Saumlos erzählen könne. Der Arbeiter hatte in die Gegenrichtung geblickt, aber man merkte, daß er mit einem Ohr zuhörte. Plötzlich hatte er sich herübergebeugt und gesagt:
«Soll ich dir mal was sagen? Das Weltjudentum und der internationale Kapitalismus sind unser Untergang.»

Sofort hatten auch die anderen, die drumherumsaßen, aufgemerkt und ihm beigepflichtet. Nur ein älterer Maurerpolier hatte mit dem Kopf gewackelt und gesagt:
«Ich spreche, man muß sich vor Verallgemeinerungen hüten. In jedem Volk gibt es gute und schlechte.»

Wahllos griff sich Plauth ein zweites Schulheft heraus. Es stammte von Ingrid Salomon aus Bochum, geboren 12. 2. 1930. Ein Aufsatz war überschrieben «Luftkampf über Saumlos» und stammte vom 14. 2. 1944. Er lautete:
«Es war gegen Mittag 1 Uhr. Da hörte ich das bekannte Motorengebrumm der feindlichen Flieger. Größere und kleinere Verbände flogen von Westen nach Osten. Ich konnte deutlich die einzelnen Flugzeuge unterscheiden. Schon waren unsere Jäger da. Rasch folgten jetzt die Angriffe. Maschinengewehre ratterten und die Bortflak funkte dazwischen. Ein Bomber näherte sich der Erde, eine Weiße Rauchfahne hinter sich lassend. Dort brannte eins, dort noch eins. Fünf Mann sehe ich mit Fallschirm abspringen. Die Fallschirme öffnen sich. Langsam senken sich die weißen Punkte zur Erde. Ganz Saumlos ist auf den Beinen. Der erste Abspringer ist in dem Jägerholz gelandet. Im Triumpfzug wird er auf die Ortspolizei gebracht. Dort muß er alle seine Sachen vorzeigen. Wer weiß, was man diesem Kerl alles über Deutschland vorgeschwindelt hat. Die kurze Zeit in Saumlos hat ihm schon gezeigt, wie wir eingestellt sind und wie es im fünften Kriegsjahr zugeht bei uns. Ein zweiter kommt von Vockerode. Dann geht es nach Klein-Calden. Au-

tofahrt nach Ersen. Dort sollen noch 16 andere Abspringer eingeliefert sein.»

Einen Satz hat der Lehrer korrigiert. Er heißt nun:
«Dann kommt noch einer v. Klein-Calden.»
Unter dem Aufsatz steht:
«Geschrieben zur Erinnerung an meine Schulzeit in Saumlos von Okt. 1943 bis 8. März 1944.»

Plauth richtete sich auf und klopfte sich den Staub von den Händen. Auf dem Dachboden lagerten mindestens drei Gummiwagen voll Dreck. Auf dem Weg zur Bodenklappe stieß er einen vergammelten Karton um. Er wollte ihn wieder aufrichten. An der Seite stak ein Packen Papier. Er zog es hervor und las:
«Schluß mit der Bonzenwirtschaft! Schluß mit dem Krieg!»
Es waren offensichtlich Flugblätter, die die Alliierten über Saumlos abgeworfen hatten. Er las:

«Deutschland hat den Krieg verloren. Wir wissen es, Hitler weiß es. Er führt den aussichtslosen Krieg weiter, weil er auch weiß, daß das Ende des Krieges sein eigenes Ende bedeutet. Darum will er dem deutschen Volk einreden, daß es mit ihm durchhalten oder untergehen müsse.

Aber – Hitlers Untergang bedeutet nicht den Untergang des deutschen Volkes. Darüber sagten die verantwortlichen Staatsmänner der Vereinten Nationen:
‹Außer den verantwortlichen faschistischen Führern braucht niemand in den Ländern der Achse die bedingungslose Übergabe zu fürchten. Die Bevölkerung der von der Achse kontrollierten Länder kann sich darauf verlassen: Bedingungslose Übergabe bedeutet nicht, daß sie Elend für Tyrannei eintauscht. Das Ziel der Vereinten Nationen ist, den befreiten Völkern den Weg zu öffnen zu einem freiheitlichen, politischen Leben, das sie sich selbst aufbauen können, und zu wirtschaftlicher Sicherheit.› Roosevelt, 25. 8. 43.
‹Es wäre töricht, die Hitler-Clique mit dem deutschen Volk

und dem deutschen Staat zu identifizieren; die Geschichte zeigt, daß Hitlers kommen und gehen, der deutsche Staat aber und das deutsche Volk bleiben.› Stalin, 23. 11. 42.
‹Wir führen keinen Krieg gegen Völker als solche. Wir führen Krieg gegen Tyrannei.› Churchill, 21. 9. 43.
‹Es liegt nicht in unserer Absicht, den wirtschaftlichen Zusammenbruch Deutschlands oder irgend eines anderen Landes zu verursachen. Ich sage das nicht aus irgend einer Vorliebe für Deutschland, sondern weil ein hungerndes und bankrottes Deutschland in der Mitte Europas uns alle, die wir seine Nachbarn sind, vergiften würde. Das ist nicht Sentimentalität, sondern gesunder Menschenverstand.› Eden, 29. 7. 41.»

Ein anderes Flugblatt mit der Überschrift «Front und Heimat» endete mit dem Aufruf:
«Schafft die Verbindung von Front und Heimat zum Kampf gegen die Kriegsverlängerung! Erzwingt Frieden vor Beginn des sechsten Kriegswinters!»

Warum hatte der Lehrer die verschmutzten, eingerissenen, zerknitterten Papierfetzen aufgehoben und nicht bei der Partei abgegeben, wie es doch seine Pflicht war? Warum hatte ein Nazi antifaschistische Flugblätter gesammelt?

Er nahm einen Packen alter Zeitungen, trug eine Schulbank an das fast zugestaubte Fenster im Giebel und begann sie durchzublättern. Ziesche Helm gegenüber würde er behaupten, er habe einen langen Spaziergang gemacht und bringe den Schlüssel deshalb nicht eher zurück. Wer immer die Zeitungen aufgehoben hatte, es waren nur Ausgaben, die Nachrichten über Saumlos enthielten.

Plauth wurde bald fündig. Eine undatierte halbe Zeitungsseite, die offensichtlich aus der unmittelbaren Nachkriegszeit stammte, enthielt neben zwei kleinen Berichten über das erste Bundessängerfest in Saumlos, den Festzug, das Wertungssingen der Männergesangsvereine und die Überreichung des Fah-

nennagels, einen längeren Artikel, der mit «Heißes Eisen» überschrieben war und mit den Sätzen begann:
«Mit dem heiklen Problem der Rückerstattung ehemals jüdischen Eigentums mußte sich eine Bürgerversammlung befassen, die von Bürgermeister Kleinschmidt geleitet wurde. Bekanntlich hatte Saumlos ehemals einen sehr starken Prozentsatz jüdischer Mitbürger, die über die Hälfte der Bevölkerung ausmachten und naturgemäß über ebensoviel Grundbesitz verfügten. Nach dem Jahre 1933 setzte dann eine immer stärker werdende Abwanderung ein, und in den meisten Fällen wurde dann von der Gemeinde der ehemals jüdische Besitz aufgekauft. Wie in der Versammlung herausgestellt wurde, wollen die Einwohner von Saumlos, von geringfügigen Ausnahmen abgesehen, mit ihren israelischen Mitbürgern immer in gutem Einvernehmen gelebt haben, die Abwanderung der Juden sei durch überlokale Ereignisse veranlaßt worden. Der frühere, nicht arische Besitz sei in zahlreichen Fällen den heutigen Inhabern aufgedrängt und von diesen zu regulären Preisen verkauft worden. Das bekannte Rückerstattungsgesetz schuf nun in vielen Fällen eine schwierige Situation, und ein buntes Sammelsurium von Prozessen war die Folge.»

Erich Plauth las bis um die Mittagszeit und machte einen Umweg über den ehemaligen jüdischen Friedhof in der Senke zwischen Mühlberg und Henberg, bevor er in den Gasthof zurückkehrte. Das Gelände war mit Disteln, Gras und Unkraut überwuchert, die Grabsteine fast alle aus den Halterungen gerissen und umgeworfen, zum Teil zerbrochen, zum Teil stark verwittert, wüst und ungepflegt. So lag er, seit unbekannt gebliebene Täter die nach dem Krieg nur notdürftig wieder hergerichtete Anlage vor mehr als zehn Jahren geschändet hatten. Aber davon erzählte ihm Ziesche Helm erst am anderen Tag.

XXXII.

Den Montagnachmittag verbrachte Plauth damit, Leute zu besuchen, die Ziesche, Leimert, Maria und Doelle Hans ihm empfohlen hatten. Abends zu Knutscher, der sich entschuldigte; heute abend werde der Wagen nicht fertig. Auch Dienstag versuchte er deshalb, Interviews zu machen. Viel bekam er nicht heraus. Einige meinten verlegen, sie hätten keine Zeit und die nächsten Tage auch nicht; andere behaupteten, sie wüßten von nichts, waren aber im Prinzip recht freundlich.

Eine ältere Frau namens Waldkirch hatte ihn gebeten, am nächsten Tag wiederzukommen. Sie müsse erst mit ihrem Mann reden, der schaffte an der Straße. Jetzt, Dienstagfrüh, behauptete sie, ihr Mann habe es ihr verboten. Am Mittwoch nach der Beerdigung sprach ein junger Mann Erich Plauth an und bat um Verständnis für seine Eltern. Beim Abendessen hätten sie lange darüber gesprochen. Es sei den Alten nicht auszureden, daß es noch heute verboten sei, über die damaligen Ereignisse zu reden.

Der Kirmesmontag war noch einmal sehr gemütlich. Auch Sangmeister war da und hatte seine Frau Eva mitgebracht. Sie waren fast gleichaltrig. Geheiratet hatten sie mit 20, weil ein Kind unterwegs war. Hinter den Jungen war Eva her gewesen wie der Teufel hinter der armen Seele. Auch Plauth hatte sich einige Wochen lang mit ihr getroffen, abends um halb zehn in Moppes, wenn er mit dem Zug aus Kassel kam. Im Holzstall mußte er sich immer nach unten legen, damit sie sich nicht schmutzig machte. Dann, nach der Heirat 1954, wurde's Eva solide.

«Was macht dein Fall?» fragte Plauth munter.
«Du», sagte Sangmeister, der schon etwas betrunken wirkte, «der hatte wirklich ein Leberkoma. Wir haben doch gleich nach der Auffindung eine Blutprobe entnommen, weil alle sagten, er sei völlig betrunken gewesen.»

«So», sagte Plauth und lächelte Eva an, die ihm die Zunge rausstreckte.
«Sie enthielt Ammoniak.»
«Und was bedeutet das?»
«Daß sie Ammoniak enthielt. Leberzirrhose, komatös, Koma. Der war halbtot, wie er sich aufgehängt hat, vielleicht sogar bewußtlos, jedenfalls schwer angeschlagen. Der hat Nerven.»

Halb Saumlos war da, weil es ab zehn Freibier geben sollte. Zuerst saßen sie im Zelt, dann kamen welche auf die Idee, ein Feuer zu entfachen. Die Älteren protestierten: «Seid ihr verrückt geworden? Im Zelt Feuer zu machen. Das ist doch aus Plastik, das schmilzt doch!»
Also wurde das Feuer auf dem Platz entzündet, die Bänke und Tische drumherum, der Himmel drüber tief schwarz und sternklar, die abertausend Funken stiegen senkrecht auf. Am Horizont blieb ein heller Streifen stehen, denn die Nächte waren kurz, Am schönsten war es in Saumlos, wenn die Älteren erzählen konnten, wie es früher war. Da hatten sie mehr gesoffen, mehr Spaß gehabt als heute und es hatte auch mehr Originale gegeben.

Pfarrer Witzel war ein solches Original gewesen, mit seinem einen Arm, einen hatte er im Krieg verloren, Ritterkreuzträger, der konnte saufen. Wenn er in die Gastwirtschaft kam, ging er als erstes in die Küche und schaute in die Töpfe. Wenn seine Frau dabei war, mußte der Wirt ihm Kaffee machen, der zur Hälfte aus Doppelkorn bestand, und wenn die Frau mal aufs Klo ging, mußte er ihm auf die Schnelle einen Dreistöckigen bringen.

Während der Flurbereinigung vor 15 Jahren, da hatten sie auch viel Spaß gehabt. Da war oft das halbe Dorf zusammen, weil jeder soundsoviele Arbeitsstunden leisten mußte, und hinterher ging's noch zu Ziesche Helm in die Gastwirtschaft. Einmal hatte jemand einen Sack Totenköpfe mitgebracht, die sie bei der Umlegung des Friedhofs ausgegraben hatten, die stellten sie überall auf die Tische und setzten Kerzen hinein.

Einmal war der «ahl Schott» so besoffen, daß sie ihn mit der Mistkarre heimfahren mußten, ein anderes Mal hatte der «ahl Kümpel» einen Ballen Stroh geholt und mitten in der Wirtsstube angezündet, und wieviel Mal hatten sie Hofackers Grett den Ziegenbock geklaut und mit Hallo an die Theke geschleppt.

Einmal standen sie noch vor der Gastwirtschaft, als ein kleiner Lastwagen, hochbeladen mit Schrott und Altmaterial, in Schlangenlinien auf der Straße von Essen kam und fast in sie hineinfuhr. Sie sprangen beiseite, holten den besoffenen Fahrer und seinen Beifahrer heraus, drohten sie zu vertrimmen, waren aber bereit, sie zu verschonen, wenn die beiden ein 15-Liter-Fäßchen Bier bezahlten.

Nach einer Weile fragte der Fahrer, wo hier eine Pumpe sei, um sich Gesicht und Nacken zu waschen.
«Da, gleich neben der Mist», sprachen die Saumloser, wiesen auf die Jauchepumpe, standen feixend in der Haustür und schauten zu, wie der Schrottfahrer pumpte, die Hände unter den Strahl hielt, als die Soße kam, bis die Hände voll waren und sein Gesicht hineintauchte. Das waren noch Zeiten.

Kurz vor Mitternacht gab es wieder einen Zwischenfall.
Jemand schaltete die Marschmusik ab und legte eine Sprechkassette auf. Eine Art Kabarettist erzählte Witze: «Wissen Sie, was eine elektrische Unterhose ist? Da ist ein Kurzer drin. Schatz, sagt sie zu ihm, wollen wir mal die Gärtner-Nummer machen? Kenn ich nicht, knurrt er. Davorlegen und reinwachsen lassen.»

Sofort wurde es still auf dem Platz. Nach jedem Witz lachten die Männer schallend, einige wiederholten die Pointe leise zu ihrem Nachbarn gewandt; die Frauen kreischten wie üblich und schlugen sich die Hand vor den Mund.

Eva stieß ihren Mann an:
«Ich kann das nicht lange mit anhören. Ich finde das eine Beleidigung für uns Frauen. Entweder du sagst was, oder ich schalte das Ding ab.»

«Was soll ich sagen», brummte Sangmeister. Er war jetzt ziemlich besoffen, zündete sich eine Zigarette an und griff zum Bierglas. Frau Sangmeister stand auf, stellte das Tonbandgerät ab und setzte sich wieder neben ihren Mann.
Ein Mann stand auf, stellte das Gerät wieder an.
Frau Sangmeister stand auf, stellte es wieder ab.
Ein anderer Mann stand auf, stellte es wieder an.

So ging das drei Mal. Auf dem Platz hatten jetzt alle gemerkt, daß etwas nicht stimmte. Gleich gab es Krach. Als Frau Sangmeister das Gerät zum vierten Mal abstellte, rief einer:
«Laß doch das Ding an, Eva. Was soll der Quatsch.»
«Das frag ich dich, Henns, was der Blödsinn soll!» rief Frau Sangmeister, so daß alle es hören konnten. «Wer will denn das hören, diesen Quatsch.»

«Wir alle!» antwortete Osse, ging hin, stellte das Gerät wieder an. Frau Sangmeister hatte sich inzwischen wieder neben ihren Mann gesetzt. «Komm, gib mir die Schlüssel», sagte sie. «Ich fahre heim. Wenn du mit willst, dann komm.»
«Ich komme schon irgendwie heim», sagte Sangmeister störrisch. Er verstand seine Frau nicht. Immer mußte sie ihren Kopf durchsetzen. Es dauerte einen Moment, bis er die Schlüssel aus der Hosentasche gefingert hatte.

Im Weggehen schaltete sie noch einmal das Gerät ab und rief:
«Wenn ihr so einen Scheißdreck hören wollt, dann ohne mich.»
«Wenn welche das hören wollen, dann laß sie doch, Eva», rief Kreft Kümpel. Ein anderer rief:
«Wir sind doch hier nicht am Gymnasium.»
Kaufmanns Anita rief: «Du brauchst ja nicht hinzuhören, Eva.»
«Was hat das mit Gymnasium zu tun!» rief Eva zurück. «Ich

glaube, ihr seid alle impotent, daß ihr nichts im Kopf habt als Schwänze und Ficken.»

Damit ging sie. Jemand stellte das Gerät wieder an.
Zugleich bemerkte Sangmeister, wie die Männer, die mit ihm am Tisch saßen, aufstanden. Es war kein ostentatives Aufstehen und geschah eher wie zufällig; der eine, weil er sich ein Bier holen wollte, der zweite, weil er sowieso schon die ganze Zeit pissen mußte, und wieder ein anderer, um zu schauen, ob es noch Würstchen gab.

Sangmeister hatte das Gefühl, unter einer großen, unsichtbaren Käseglocke zu sitzen. Auch mit ihm selber war eine Veränderung vorgegangen. Er versuchte den Kopf zu wenden und zu den Leuten am Nebentisch zu blicken, aber es ging nicht. Ein paarmal gingen Leute vor ihm entlang, aber er nahm sie kaum wahr, nur wie durch einen Nebel, der sich auf seine Augen gelegt hatte, und immer konnte er nur geradeaus sehen.

Merkwürdige Hitzewellen gingen durch seinen Körper, die Bank unter ihm schien zu schwanken und ihm war schwindlig. Er erhob sich, spürte, daß er unsicher stand, tat ein paar schwankende Schritte, murmelte etwas und lief hinüber zur Hecke. Auf dem Weg kamen ihm Kreft Kümpel und Knutscher entgegen, die gerade gepinkelt hatten.
«Willst du schon heim, Gerd?» fragte einer der beiden.
Er antwortete nicht. Sein Mageninhalt drang schon in den Mund. Während er kotzte, spürte er einen unwiderstehlichen Drang auf den Schließmuskel, und kotzend, mit Wasser in den Augen vor Anstrengung, ließ er die Hose herab, hockte sich hin.

Danach fühlte er sich wohler, trank noch ein paar Schoppen. Den Rest der Nacht schlief er in Saumlos bei seiner Tante, wo die Waschküchentür immer offen stand.

Das Geld, das man besitzt …

... sei ein Mittel zur Freiheit, meinte Rousseau, das Geld, dem man nachjagt, ein Mittel zur Knechtschaft.

Der ist reich, der Freiheit braucht, um sein Geld zu genießen. Der ist arm dran, der Geld braucht, um sich Freiheiten herauszunehmen.

XXXIII.

Die erste unerwartete Wendung dieser Novelle ereignete sich in derselben Nacht, die zweite am Dienstagvormittag. An der Geschichte änderten sie nichts, was man von einer Erzählung auch nicht erwarten kann.

Es war gegen ein Uhr nachts, als Erich Plauth noch einen Rundgang durchs Dorf machte. Den Tag über waren feindliche Truppen ostwärts durch Saumlos geflüchtet, das jetzt unsere Truppen erwartete. Solange war Ruhe.

In Marias Wohnung brannte Licht. Plauth überlegte, ob er rufen oder pfeifen solle. Er ging zu der hohen, eichenen Haustür, über der ein schwaches Licht brannte, konnte aber keine Klingel entdecken. Er trat zurück auf den Hof und wartete. Vielleicht kam sie zufällig ans Fenster; dann konnte er sich bemerkbar machen.

Er sehnte sich nach der Gier, mit der sie ihn geliebt hatte, nach ihrem Stöhnen, ihren leisen Ausrufen, mit denen sie ihn angestachelt hatte. Mit seiner Frau hatte er schon lange nicht mehr geschlafen. Es langweile sie mit ihm, sagte sie manchmal; seit 15 Jahren immer mit demselben Mann zu schlafen. Zu oft habe er mit ihr geschlafen und zu oft gegen ihren Willen. Nie habe er Rücksicht auf ihre Gefühle genommen. Im Laufe der Zeit hatte er es aufgegeben, sie zu umwerben. Zu oft hatte sie ihn abblitzen lassen, war müde gewesen, hatte keine Lust gehabt, zu weinen angefangen, wenn er die Hand auf ihre Brust oder zwischen ihre Beine legte.

«Du versuchst garnicht mehr, mit mir zu schlafen», sagte sie eines Tages, ohne von der Nähmaschine hochzublicken.
«Ich werde mit dir schlafen», antwortete er, «wenn du von dir aus kommst. Ich habe keine Lust, mir ständig vorwerfen zu lassen, du müßtest mit mir schlafen.»

Hinter dem Schlafzimmerfenster war ein Schatten zu sehen, der Vorhang wurde zurückgeschlagen und das Fenster geöffnet. Es war Maria, die sich aufs Fensterbrett lehnte und hinausschaute. Eine zweite Person tauchte auf. Erich Plauth erkannte die Silhouette, das lange lockige Haar eines jungen Mannes, Anfang zwanzig, der ihm schon am Freitagabend auf der Kirmes aufgefallen war. Ein weicher, zurückhaltender Typ mit geschmeidigen Bewegungen, der älteste Sohn von Hans Mehlmann, mit dem Plauth gemeinsam die Berufsschule in Ersen besucht hatte. Ein städtisch wirkender Junge, der ein bißchen wie ein Hascher aussah.

Erich Plauth wartete, bis die beiden das Fenster geschlossen hatten und machte sich auf den Heimweg. Was hatte er sich eigentlich erhofft? Daß eine Frau wie sie auf einen Mann wie ihn wartete, an dem nichts mehr zu ändern war?

Zu dem Zeitpunkt hatte das zweite Erlebnis bereits begonnen. Am Montagnachmittag fand Gerd Sangmeister im Gras gleich gegenüber der Stelle, wo Kümpels Kreft am Freitagabend die Räder an seinem Schlepper wieder angebracht hatte, eine der üblichen blauen Arbeitsjacken. Sie lag halb im Straßengraben, als ob jemand beim Arbeiten ins Schwitzen geraten sei und sie vergessen habe.

Sangmeister hob sie auf, wollte sie zu Kümpels ins Haus bringen, griff aber aus alter Gewohnheit in die Taschen. In der Brusttasche fand er einen mehrfach zusammengefalteten Zettel, der folgenden Text enthielt:

«Erste und letzte Aufforderung. Im kommenden November jährt es sich zum fünfunddreißigsten Mal, daß Angehörige von Ihnen mir in Ausführung des gegen mich und meine Familie geschmiedeten Komplotts einen unersetzlichen Schaden zugefügt haben; Ermordung meines mutmaßlichen Vaters und Raub des Vermögens, das mir als seinem Sohn zugestanden hätte obwohl angeblich unehelich.

Schadenersatz 30 000 Mark in kleinen Scheinen – Rückzahlung des geraubten Geldes. Übergabe in den Papierkorb neben der Milchbank mit einer Plastiktüte vom HAWEGE.
Wenn Sie nicht zahlen, erfolgt Bekanntgabe der Mörder meines Vaters. Sie wissen, wer gemeint ist.»

Sangmeister repetierte mechanisch die einschlägigen Straftatbestände, blieb an Erpressung hängen, beschlagnahmte Jacke und Zettel vorsorglich, gab in Gedanken schon mal den Auftrag, sie kriminaltechnisch untersuchen zu lassen und beschloß, ihren mutmaßlichen Eigentümer möglichst unauffällig einzuvernehmen. Nach Lage der Dinge, genauer gesagt der Jacke, konnte es nur Kreft Kümpel sein. Später vergaß er seine Absicht. Nun, am Dienstagmorgen, da er die Jacke im Kofferraum seines Wagens liegen sah, fiel ihm die Sache wieder ein. Er fuhr noch einmal nach Saumlos.

Doelle Hans sah man schon von weitem an, daß er Landwirt war. Einen richtigen Landwirt erkennt man am Gegensatz zwischen der verwitterten, rötlichen Gesichtsfarbe und der fahlen, weißen Stirn, wenn er die grüne Schirmmütze absetzt, sobald Besuch kommt. Bauern vom Schlage Hans Doelle bewahren ihr Geld in einer alten Sammeltasse im Küchenschrank auf, tragen karierte Hemden, Hosenträger, hohe Schnürschuhe und blaue Arbeitsklamotten, auf denen große Flicken sitzen.

Mit ihm im Haus lebte seine fast 80-jährige Mutter, die noch recht rüstig war, vormittags mit dem Stoßkarren die Kannen von der Milchbank holte, die Hühner, Enten und Gänse versorgte, mit der Kiepe am Rücken Futterwerk für die Stallhasen rupfte, Reiserwallen machte, den Winter über Patschen nähte, Reisigbesen zum Hofkehren band und die sechs Festmeter Holz für den Winter hackte. Den Haushalt versorgte Doelles älteste Tochter Käthe, die mit ihrem Mann, der bei der Spinnfaser Schichtdienst hatte, und ihren drei halbwüchsigen Kindern im Haus lebte und die Rolle der Bauersfrau spielte.

«Ich komme zu dir als Kriminalbeamter», begann Sangmeister vorsichtig. Doelle Hans konnte sich denken, warum er kam, wegen Zechmanns Valltin, schwieg aber.
«Du wirst erpreßt», sagte Sangmeister bestimmt, «warum hast du mir nichts gesagt?»

Hans Doelle erschrak. Damit hatte er nicht gerechnet. Er beherrschte sich aber.
«Das ist mir neu», sagte er.
«Seit wann?» bohrte Sangmeister.
«Wenn ich's dir doch sage», wiederholte Doelle Hans.
«Du hast nie einen Drohbrief bekommen?» fragte Sangmeister noch einmal.
Jetzt konnte Hans Doelle mit ruhigem Gewissen antworten: «Ich will tot umfallen, wenn ich je einen Drohbrief bekommen habe.»

«Na gut», sagte Sangmeister, «aber wir prüfen das nach.»
«Das könnt ihr nachprüften», sagte Doelle Hans.
Gerd Sangmeister ging ohne zu fragen ins Haus, wo Doelle Hans' Mutter gerade Kochkäse machte, zog die blaue Jacke aus der Plastiktüte, hielt sie ihr entgegen und fragte:
«Was ich Euch fragen wollte, Oma Ludwig; kennt ihr die Jacke hier?»

Die Doelles hatten den Hausnamen Ludwig, weil ihre Hofreite bis in die 30er Jahre einem Ludwig gehört hatte, der auf den Hausnamen Queck hörte.
Oma Ludwig hatte den Landkreis Ersen ihr Leben lang nicht verlassen. Sie hatte auch nie ein anderes Buch in der Hand gehabt als das Gesangbuch und die Bibel, die sie auf einem Brett unter der Decke in ihrer Kammer aufbewahrte. Das Brett war von unten gegen den Deckenbalken genagelt.

Als sie noch ein Kind war, hatten Vater und Mutter ihr ausdrücklich verboten, Bücher zu lesen. Vor Romanen wurde sie besonders gewarnt. In jedem Roman stecke ein Teufel. Man schlägt das Buch nichtsahnend auf, und plötzlich springt einem der Teufel entgegen.

Einmal hatten sie die Schwester ihres Vaters zu Besuch, die als reiches Bauernmädchen, wie damals üblich, mit einem Beamten nach Kassel verheiratet war. Sie saß am Fenster in der Wohnstube und las in einem Roman. Doelle Hans Mutter schlich sich vorsichtig an, schaute der Tante über die Schulter und sah in das Buch. Es enthielt nichts als Buchstaben. Seither wußte sie, daß der Teufel in der merkwürdigsten Gestalt auftreten konnte.

Sie nahm die blaue Jacke, betrachtete die Flicken, fuhr mit dem Zeigefinger an der Naht entlang und sagte:
«Die ist nicht von uns. Den Flicken hat ein anderes draufgemacht.»

Erschrocken betrachtete Sangmeister ihre Finger. Sie waren von einem feinen Netzwerk zahlloser Haarrisse übersät, in denen sich unabwaschbar die Gartenerde abgelagert hatte.

Die Jacke lag noch einige Tage auf seinem Rücksitz. Dann ließ er sie in die Asservatenkammer schaffen.

XXXIV.

In einem Kriminalroman hätten Gerd Sangmeister und Erich Plauth jetzt ein Gespräch gehabt, ihre Erfahrungen und Erkenntnisse ausgetauscht und eine Spur entdeckt, die einer Reihe von Hypothesen und Tatsachen folgte.

Erstens: Die Väter unseres Kreft Kümpel und seines Freundes und Nachbarn Herbert Schott, genannt Knutscher, haben in der sogenannten Kristallnacht im November 1938 den jüdischen Viehhändler Katz um 30000 Goldmark beraubt und vielleicht sogar umgebracht.

Zweitens: Valentin Gutberlet war tatsächlich ein unehelicher Sohn dieses Viktor Katz. Er wußte das oder nahm es jedenfalls als Tatsache an.

Drittens: Gutberlet wußte auch von dem Raub und ging davon aus, daß Kümpel und Schott Vater seinen Vater umgebracht hatten. Hinweise darauf konnte er als Junge durch die umlaufenden Gerüchte erhalten haben, als Lehrer Rosenberg nach dem Krieg seine Recherchen anstellte. Vielleicht hatte er auch die Schulchronik zu Gesicht bekommen, deren fehlende Seiten entsprechende Hinweise enthielten.

Viertens: Da er finanzielle Probleme hatte, versuchte er, die Söhne der Räuber von damals zu erpressen, wobei er vielleicht sogar davon ausging, daß er das geraubte Geld zu beanspruchen habe.

Fünftens: Kreft Kümpel und Herbert Schott erkannten die Handschrift des Erpressers, wußten auch, worauf Gutberlet anspielte. Als sie ihn komatös zwischen Zeltplatz und Milchbank herumliegen sahen, kam ihnen die Idee, einen Selbstmord vorzutäuschen und sie hängten ihn auf. Es gab entweder keine Zeugen der Tat oder diese schweigen; so, wie Tatzeugen in Saumlos nach 1945 geschwiegen haben, um im Dorf keinen Ärger zu bekommen.

Sechstens: In subjektiver Hinsicht war ihre Hemmschwelle wahrscheinlich durch Alkohol, den sie auf der Kirmes genossen hatten, stark herabgesetzt; gegenüber Valentin Gutberlet war sie vermutlich sowieso unterdurchschnittlich hoch. Er war ein Außenseiter, unbeliebt, galt als arbeitsfaul, untüchtig, fast asozial. Andererseits fürchteten Kümpel und Schott ein Wiederaufleben alter Gerüchte. Die Möglichkeit bestand, daß Gutberlet tatsächlich handfeste Hinweise auf den Raub besaß, den ihre Väter verübt hatten. Sie wollten einfach vermeiden, daß auf ihre Familien ein schlechtes Licht fiel.

Aber ein solches Gespräch fand nicht statt. Sangmeister konnte mit dem mysteriösen Zettel nichts anfangen. Er hatte nichts mit Gutberlets Tod zu tun. Es gab keine Hinweise auf Fremdverschulden. Nur das Leberkoma blieb merkwürdig. Hatte Gutberlet noch die Kraft gehabt, sich aufzuhängen?

Erich Plauth sprach mit den Leuten über die Juden von Saumlos und las die Schulchronik zu Ende.

Gespräche und Chronik ließen erkennen, daß die beiden Bevölkerungsgruppen ein kompliziertes und gelegentlich auch zwiespältiges Verhältnis zueinander hatten. Die soziale Durchdringung war erheblich. Ein Teil der Juden war für die Begriffe im späten 19. und 20. Jahrhundert wohlhabend, da die Mehrheit der Saumloser Christen bettelarm war. Die Metzgerei, die Bäckerei, die Lebensmittelgeschäfte, die zwei Gastwirtschaften, das warf etwas ab. Viele Landwirte waren auch mit kleinen Beträgen bei Juden verschuldet.

Einige Juden beschäftigten Christen. Am Samstag, dem Sabbath, durfte ein Jude nicht arbeiten, kein Feuer und Licht anmachen, nicht einmal Briefe öffnen. Eine alte Frau hatte erzählt:

«Das haben hier meistens die ärmeren Leute für die Juden gemacht, vor allem Frauen, und haben viel Essen dafür gekriegt. Der Jude hat ja grundsätzlich nicht unter einem Christen gedient. Umgekehrt haben die bessergestellten jüdischen Familien immer eine christliche Magd genommen.»

Viele Juden gingen als Hausierer über die Dörfer. Solange es die Eisenbahn nicht gab, zogen die Nothändler fast täglich, außer Sabbath und Sonntag, hinaus. Sie hatten ihr Lager in Saumlos und verkauften Stoffe, Tücher und Kleinkram, der im Haus benötigt wurde.

«Den Stock über dem Rücken, ein Bündel dran, so kam er durchs Dorf. Wenn er wenig trug, hatte er einen Ranzen umhängen. Oder er hatte bei schlechtem Wetter einen Kaftan drüber, sodaß man nicht sah, was er darunter hatte. Kleinkram, also Kurzwaren, Knöpfe, Sicherheitsnadeln, Gummibänder, Nähseide, Zwirn verschiedenster Art, Druckknöpfe, Manschettenknöpfe, aber auch Seife, Schnürsenkel und Bänder. Sie gingen bis nach Moppes, aber nicht bis Ersen, weil dort eine andere Gruppe den Handel hatte.»

Die Gespräche hatten auch einiges über die Lebensgewohnheiten erbracht. Die jüdische Gemeinde war so bedeutend, daß sie ihren eigenen Bäcker besaß, der aber auch für die Christen buk, doch das war nicht viel, da die meisten im eigenen Backofen oder im Dorfbackhaus buken. Beim Mehlmahlen mußte, damit alles seinen religiös vorgeschriebenen Gang nahm, ein Jude dabei sein, denn Müller Krug war Christ. Die Mühle lieferte das jüdische Mehl für ein großes Gebiet. Es wurde mit dem Planwagen in die verschiedenen jüdischen Gemeinden gefahren.

Dabei ließen die religiös bedingten Gewohnheiten der Juden eine gewisse Andersartigkeit nie in Vergessenheit geraten. Dazu gehörte das koschere Schlachten, das Schächten. Das Tier wurde nach einem vorgeschriebenen Ritus gefesselt und bei lebendigem Leib geschächtet. Die Antisemiten machten daraus das Gerücht, alle Juden seien Tierquäler.

Auch der Sabbath war manchen Christen offensichtlich nie ganz geheuer. Am Sabbath schlichen sich die Kinder der Christen in die Synagoge und schauten heimlich zu, von der Empore aus. Oder bei den Trauungen.

«Das war ganz anders als bei uns. Die männlichen Juden waren unten drin, und die Frauen kamen hinter ein Gitter und durften auch bloß von oben zugucken.»

Manche Berichte fügten sich zu Bildern, die Erich Plauth deutlich vor sich zu sehen meinte:
Am Sabbath gehörte der sandige Weg von Saumlos nach Moppes, die Nüste entlang, den Juden. Sie spazierten in langen Reihen nebeneinander, manche hatten sich untergehakt, immer auf und ab, wie auf einem Corso in einem Dorf am Mittelmeer.

Dafür verluden sie sonntags, wenn die Christen in der Kirche saßen, mit lautem Getöse auf der Rampe des Bahnhofs von Moppes, einen guten Kilometer entfernt, das Vieh, das sie im weiten Umkreis bis nach Niedersachsen hin aufkauften und nach Hannover verschickten.
Ein Saumloser hatte erzählt, im vorigen Jahrhundert, als die Eisenbahn gebaut wurde, hätten sich die Juden von Saumlos mit den Christen von Moppes um den Bahnhof gestritten, und oft sei der D-Zug nach Frankfurt auf freier Strecke unweit von Saumlos angehalten worden, um die Juden zur Börse zu bringen.

Sonderlich groß kann der Wohlstand der Saumloser Juden jedoch nicht gewesen sein. Schon der Bau der Eisenbahn muß sich schlecht auf die Geschäfte der kleinen Händler ausgewirkt haben, so daß ein Teil der Juden schon im vorigen Jahrhundert abwanderte.

Eine gewisse Konkurrenz waren auch die Spar- und Darlehensvereine der Raiffeisenbewegung, die sich der Bauern annahm, sofern ihre Höfe überhaupt noch zu retten waren. Ende des 19. Jahrhunderts gab es im Kreis Ersen bereits 30 Darlehenskassen, um dem notorischen Kapitalmangel der Bauern abzuhelfen und dem Agrarhandel eine christliche Basis zu geben. Die ersten Raiffeisenvereine wurden in Moppes und Vokkerode gegründet. Saumlos liegt genau dazwischen. Auch andernorts operierten die Raiffeisenvereine in den bislang von Juden betreuten Gebieten, und natürlich nahmen sie nur Christen als Mitglieder auf, keine Juden.

XXXV.

Die Erzählungen zeigten auch, daß die Juden sich rege am Gemeindeleben beteiligt hatten. Sie hielten zwar an den überlieferten Bräuchen fest, wozu auch die Gesänge, Festtage und Essensgewohnheiten gehörten, und gründeten einen eigenen Sportverein und einen Synagogengesangverein. Aber der jüdische Fußballverein spielte auch gegen christliche Vereine, und die anderen Saumloser Vereine hatten Mitglieder aus beiden Glaubensgemeinschaften. Bis 1914 war ein Jude Feuerwehrhauptmann von Saumlos. In der Gemeindevertretung waren Juden und Christen gleichmäßig vertreten; um 1900 war Selig Levi stellvertretender Bürgermeister, und während des Ersten Weltkrieges besuchten Juden und Christen sogar gemeinsam die Judenschule.

Es hatte Vorteile, daß so viele Juden im Dorf lebten. Vor allem am Freitag sei immer was losgewesen im Dorf. Da seien die Landwirte der ganzen Umgebung nach Saumlos gekommen, hätten eingekauft, Geschäfte gemacht, und hinterher ging's in den «halben Mond», der einem Juden gehörte, weil es dort das gute Dortmunder Bier gab.

In Marias Unterlagen befand sich auch eine kümmerliche antisemitische Doktorarbeit des hygienischen Instituts der Universität Marburg unter Leitung von Professor Dr. W. Pfannenstiel, vorgelegt im Jahre 1935 von einem Rudolf Euler aus Marburg; eine miserabel recherchierte Hetzschrift «Zur Frage der jüdischen Durchsetzung innerhalb der ländlichen Bezirke Kurhessens» von nicht einmal zehn Seiten Länge, die so endete:

«Je mehr es uns gelingen wird, das Fremdrassische aus unserem Volkskörper auszumerzen und statt weiterer Vermischung mit den Juden die Mehrung des gesunden Erbgutes aus der Substanz des deutschen Volkes zu pflegen, um so eher ist ein Wiederaufstieg Deutschlands zu erwarten. Gilt es doch, den in seinem Wesen zwiespältigen Mischling durch Menschen zu ersetzen, deren einheitliche rassische Beschaffenheit Vorbedingung ist für eine wirkliche nationale und sozialistische Entwicklung unseres Volkes.»

Aber selbst ein so antisemitischer Autor wie Euler hatte zugeben müssen, daß der hessische Bauer «gewohnheitsmäßig gern mit dem Juden in Geschäftsverbindung gestanden hat, weil ihm beim Handel mit Vieh und Getreide der Jude bequemer und durch seine Verschwiegenheit in Geldgeschäften lieber war als jeder andere.»

Erich Plauth unterbrach seine Arbeit, ging hinab in die Wirtsstube und ließ sich das Telefonbuch geben. Er sah das Haus und den Gastraum mit anderen Augen, seit er wußte, daß Ziesche Helm es erst in den 30er Jahren von einem Juden gekauft hatte. Im Telefonbuch für Marburg war zwar kein Dr. Euler eingetragen, wohl aber ein Prof. Dr. med. Wilhelm Pfannenstiel. Plauth sinnierte, ob er mit dem Doktorvater des unseligen Euler verwandt sei, erwog kurz anzurufen, unterließ es dann aber.

Er ging zurück auf sein Zimmer und machte sich wieder an seine Unterlagen.

Der Abstand zwischen Christen und Juden blieb immer spürbar. Wie konnte es anders sein, bei dem weitverbreiteten Antisemitismus, der dort am stärksten war, wo kaum oder keine Juden lebten, und dort am geringsten, wo Juden lebten, wie in Saumlos.
Ehen zwischen Juden und Christen gab es fast nie, da waren Religion und Brauchtum davor, auch in Saumlos, wo selbst katholisch-evangelische Mischehen nicht gerne gesehen wurden. Das änderte sich erst nach 1945, als die zumeist katholischen Flüchtlinge eine Menge hübscher Töchter ins Dorf brachten. Da konnten auch die Männer nicht widerstehen.

Die wenigen, die heirateten, blieben nicht im Dorf. Ein Lehrer aus Moppes soll ein Judenmädchen aus Saumlos geheiratet haben, die Tochter des Schächters. In den 30er Jahren sollen sie nach Amerika ausgewandert sein.

In der Schulchronik von Saumlos kündigte sich der Beginn der politisch organisierten und staatlich geduldeten Judenverfolgungen durch eine kurze Schilderung der wirtschaftlichen Lage im Winter 1932/33 an:

«Die bange Frage: Wie kommen wir durch den Winter? will nicht verstummen. Schon voriges Jahr wurde für die Winterhilfe gesammelt. Dieses Jahr ist die Not noch mehr gewachsen. Alle Arbeit liegt. Die wenigsten gehen zur Arbeit. Die Arbeitslosen melden sich jeden Dienstag und Freitag auf Wiemanns Saal. Einige bekommen von der Gemeinde Wohlfahrt. Es wird Bürgersteuer erhoben, aber wer fällt noch groß unter die Pflichtige. Im Gesangverein sind viele, die die dreißig Pfennig monatlich nicht bezahlen können. Dabei ist es das einzig Schöne, das sich die Männer noch leisten, daß sie sich jeden Sonnabend zusammenfinden.»

Darunter hatte Lehrer Schröder notiert:
«Man spricht von einer nationalen Revolution.»
Eine Seite weiter:
«Reichstagswahl und Landtagswahl am 5. März 1933. Saumlos: SPD 94, NSDAP 86, Christen 34, D.St.P. 21, Zentrum 9, KPD drei Stimmen.»

Viele Juden scheinen ihre Chance trotz wachsender Verfolgung noch einmal in der Anpassung an ihre christlichen Mitbürger gesehen zu haben. Als Hitler nach dem Tod von Reichspräsident Hindenburg das Amt des Reichskanzlers und des Präsidenten auf sich vereinigte und die Vertrauensfrage stellte, stimmte Saumlos zu 100%, Juden und Christen ohne Ausnahme, für den Führer. Lehrer Oppenheim verteilte am Tag vor der Wahl Buntstifte an alle Juden, um später nachweisen zu können, daß eventuelle Stimmen gegen Hitler nicht von den Saumloser Juden stammten.

In der preußischen Provinz Hessen-Nassau war die NSDAP schon 1930 mit 20 % der Wählerstimmen auf den zweiten Platz hinter der SPD gerückt. Die Nazis lagen auch bei den folgenden Wahlen über dem Reichsdurchschnitt und erreichten bei den schon nicht mehr freien Märzwahlen 1933 knapp 50 % der Stimmen.

In Hessen-Nassau, das 1933 noch 47000 jüdische Einwohner – etwa 1,8 % der Bevölkerung – hatte, begann nach der Machtergreifung eine besinnungslose Judenverfolgung. Die Nazis stören jüdische Begräbnisse, begehen Totenschändungen, verwüsten jüdische Friedhöfe und benutzen die Grabsteine als Baumaterial. Von den Kriegerdenkmälern werden die Namen der jüdischen Gefallenen getilgt, die Ortsbehörden angewiesen, die jüdischen Schulen zu schließen, Pässe einzuziehen und die Juden von privaten und öffentlichen Einrichtungen fernzuhalten. Schon die gemeinsame Nutzung einer öffentlichen Badeanstalt gilt als Rassenschande.

Selbst die Lebensmittelversorgung der Juden war nun ungesichert.
Ein Schreiben des Kreisdirektors lautet:
«Auf Ihre Eingabe vom 28. 9. 1938 teile ich Ihnen mit, daß dem Bürgermeister von Saumlos nichts davon bekannt ist, daß Juden keine Lebensmittel oder Kolonialwaren erhalten. Im übrigen kann ich niemand zwingen, etwas an jemand zu verkaufen, wenn er nicht will.»

Bereits am 10. März 1933 fand in Kassel eine große antisemitische Hetzkundgebung auf dem Spohrplatz statt, die überall in der Provinz nachgeahmt wurde. Rechtsanwalt Plaut, ein alter Mann, wird mit dem Schild um den Hals «Ich bin ein Judenschwein» durch die Straßen getrieben und stirbt. Offiziell an einem Herzanfall. Später wird eine Pfarrersfrau, deren Mann bis 1933 in Saumlos Pfarrer war und Schwierigkeiten hatte, da er als Kommunist galt, erzählen, daß Rechtsanwalt Plaut erschlagen worden sei.

Im April 1933 errichten die Nazis neben dem Spohrdenkmal einen Käfig und sperren bekannte Mitglieder der jüdischen Gemeinde zusammen mit einem Esel darin ein.
Sofort kommt es zu organisierten Ausschreitungen auch in der Provinz, die als spontane Volkserhebungen getarnt waren.

Eine Zeitungsmeldung vom 8. August 1935:
«Abends demonstrierten die Volksgenossen von Bebra gegen die in letzter Zeit überhand genommenen Dreistigkeiten der Juden und der sich in ihrer Hörigkeit befindenden Volksschädlinge. Eine beträchtliche Menschenmenge hatte sich auf dem Adolf-Hitler-Platz versammelt und zog unter Vorantritt einer Musikkapelle durch die Straßen. Der Bauer Bartholomäus hatte sich nicht gescheut, am Sonntagvormittag während der Kirchzeit mit den Juden Goldschmidt und Neuhaus Handel zu treiben. Die empörte Volksmasse brachte ihre Erregung darüber demonstrativ zum Ausdruck. In mitgeführten Transparenten wurden die noch immer mit den Juden paktierenden Volksschädlinge zum letzten Mal eindringlich gewarnt. Der Demonstrationszug verlief ohne jeden Zwischenfall in vollkommener Disziplin und Ordnung.»

XXXVI.

Ein großer Teil der Juden scheint auf die ständigen Provokationen und Ausschreitungen mit Abwanderung reagiert zu haben: Vom Dorf in die nächste Kleinstadt; von dort in die Großstädte. Wer nicht ins Ausland fliehen konnte, wurde verschleppt in die Vernichtungslager.

Die Vertreibung wurde bei den Einwohnermeldeämtern in einer Form festgehalten, die das Verbrechen vertuschen sollte. Ein handschriftlicher Zettel in Marias Unterlagen lautete: «Abmeldeformeln: ‹Abgemeldet auf Reisen› (Bebra), ‹Abmeldelisten nicht vorhanden› (Baumbach), ‹Umgesiedelt nach unbekannt› (Kassel), ‹Unbekannt verzogen› (Rotenburg, Hersfeld, Niederaula).»

In Saumlos schlug sich die Abwanderung in der Bevölkerungszahl nieder. 1905 hatte Saumlos 575 Einwohner; 1938 nur noch 393 trotz Zunahme der christlichen Einwohnerschaft, die in die leerwerdenden Judenhäuser zog.

Während die Chronik für 1932 noch die gleiche Anzahl jüdischer und christlicher Haushaltungen vermerkt, mit den jüdischen Bürgern Klebe III als Gemeindebuchhalter und Sally Pfifferling als Schiedsmann der Gemeinde, änderte sich das Bild nach 1933 rapide:
Im Juni 1933 waren noch 172 Juden ansässig, im April 1937 noch 121, im Oktober 1937 99 und im Oktober 1938, kurz vor der sogenannten Kristallnacht, nur noch 87.

Gleich nach der nationalsozialistischen Machtergreifung wurde in Saumlos das erste christliche Geschäft gegründet.
Lehrer Schröder vermerkte auch das:
«Bis zur Machtübernahme gab es in Saumlos nur jüdische Geschäfte. Dieselben hatten guten Zuspruch. Im Jahre 1933 wurde ein christliches Geschäft gegründet. Was früher drei ernährte, wie sollte da nicht einer seinen Unterhalt finden.»

Zwischen den Zeilen stand, daß die drei jüdischen Lebensmittelhändler ihr Geschäft schon nicht mehr betreiben durften. Eine Eintragung vom 25. August 1935 klingt ähnlich unbeteiligt, als vollziehe sich unter den Augen des Lehrers nicht ein ungeheuerliches Drama:

«Glaubten die Juden unserer Gemeinde anfangs – auch wir – unter der neuen Regierung leben zu können, siehe die Wahl vom 19. August 1934, so sehen viele Einsichtige den besseren Weg darin, Saumlos, das heißt Deutschland, zu verlassen. Sie wandern ab und verkaufen ihr Eigentum, Häuser, Äcker, an Christen. Auch sind schon viele junge Leute nach Palästina, Holland, Amerika und so weiter ausgewandert.»

Später wurde hinzugefügt: «Die Meinungen gehen auseinander.» Die Handschrift war dieselbe, die Tinte eine andere. Erich Plauth fragte sich, ob die Ergänzung vielleicht aus einer Zeit stammte, als der Zusammenbruch des Nazi-Systems schon absehbar war.
Auch diesen Eintrag las Plauth zweimal. «Viele Einsichtige» hatte Lehrer Schröder geschrieben. Als ob die Juden hätten einsehen müssen, daß die Nazis ein Recht hatten, sie zu vertreiben und umzubringen.

Ein Eintrag vom 1. Juni 1936:
«Langsam aber sicher ändert Saumlos sein Gesicht.»
Ende Oktober 1938 werden die Juden das letzte Mal in der Chronik erwähnt:
«Wie setzt sich Saumlos zusammen? Anzahl der Haushaltungen: Arier 78, Juden 27. Einwohnerzahl: 393. Davon Arier: 291 evangelisch, einer katholisch, 14 deutschgottgläubig, 87 Juden.»
Die Deutschgottläubigen gab es auch 1973 noch; der Volksmund nannte sie «Ludendorfer».

Gleichzeitig verzeichnete der Lehrer, daß von den 306 «Ariern» in Saumlos 121 einer Gliederung der Nazi-Partei angehörten:
«SA 3, Hitlerjugend 13, Deutsche Jugend 16, Bund Deutscher Mädchen 16, Jungmädchen 15, nationalsozialistische Frauenschaft 22, NSV 26.» Schon im Juni 1938 hatte Schröder erwähnt, daß 20 Saumloser in der Nazi-Partei, der NSDAP seien.

Immer wieder hatte Plauth die Leute in den letzten drei Tagen gefragt, ob ihnen die antijüdischen Ausschreitungen in Saumlos denn nicht aufgefallen seien. Die meisten wollten nichts bemerkt haben. Doelle Hans und Ziesche Helm gaben zu, man habe auch nach 1945 nicht darüber reden können, um keine Unruhe ins Dorf zu bringen und sich selber nicht unbeliebt zu machen:

«Wie sie die Synagoge angesteckt haben, das ist nicht rausgekommen, wer das war, da haben alle zusammengehalten, wie sie das heute noch machen. Einer hilft dem anderen.»
Die anderen bestritten, daß Saumloser beteiligt gewesen seien:
«Als die Judenprogrome waren, als die Juden mißhandelt wurden in Saumlos, da war kein Saumloser dabei. Das müssen alles Fremde gewesen sein.»
«Das waren Bauern aus den umliegenden Dörfern.»

Einige Schilderungen hatte Plauth bereits von anderen gehört:
«Ich kenne einen, der war dabei, wie sie die Synagoge angezündet haben, der ist schon tot. Sie haben Masken getragen, und der Rabbiner hat den Pfarrer erkannt, als ihm die Maske verrutscht ist, und hat gesagt: ‹Da ist ja mein Amtsbruder›, oder so ähnlich.»

«Der Lehrer Oppenheim, das war so ein kleiner Dicker mit Schnauzbart, der hat seine Wertsachen zu Nachbarn gebracht, und niemand ging rein und wollte was holen.»

«Es wurde auch mal nachts jemand rausgeholt. Von wem? Ja, mein Gott, das weiß man nicht. Und eines Tages hieß es, der ist nun auch schon tot.»
«Die sind hier aus der Umgebung gekommen, woher weiß ich nicht. Einmal war die SS in der Synagoge, sie verprügeln.»
«Es war mal die SS hier, aus dem Geisgrund glaub ich. Da haben sie auch mit dem Gummiknüppel draufgehaun. Aber aus welcher Ecke die kamen? Das war ja immer so ein Rollkommando.»

«Einmal hat die Hitlerjugend die Juden ins Schlachthaus eingesperrt und verprügelt.»

In der Schulchronik hatten alle diese Ereignisse nicht stattgefunden. Derselbe Lehrer, der jeden Wandertag, jede Sammelaktion für Altmaterial oder die jährliche Vernichtungsschlacht gegen den Kartoffelkäfer für erwähnenswert hielt, würdigte die Judenverfolgungen keines Wortes.

Auch die polizeiliche Abmeldung der letzten Juden im Frühjahr 1939 wurde in der Chronik nicht vermerkt. Niemand schien sie bemerkt zu haben. Nur Ziesche Helm, der offensichtlich sehr viel mehr wußte, als er zugab, erinnerte sich. Die Leute seien zumeist nach Frankfurt am Main verzogen. Das Einwohnermeldebuch sei kurz vor Kriegsende abgeholt worden und nie wieder aufgetaucht.

«Ihnen kann man's ja sagen, Herr Plauth», fügte er hinzu. «Sie sind wie ich. Unsereins nimmt viel wahr, aber er sagt nur, was er für richtig hält.»
Erich Plauth wußte nicht recht, ob er sich geschmeichelt fühlen sollte.

XXXVII.

Die erste Eintragung nach der «Kristallnacht» berichtete von der Einweihung der neuen Dorfschule in Saumlos. Kein Gedanke an Brandstiftung und Plünderungen, Verschleppung und Prügel schien die Feierstunde überschattet zu haben.

«Das Richtfest gestaltete sich zu einer außerordentlich schönen und ausdrucksvollen Feier. Schon vor Beginn hatte sich eine Menge Schaulustiger eingefunden, den Rohbau zu besichtigen und einmütig festzustellen, daß hier ein Werk entsteht, dazu alle Beteiligten Ihr Bestes geleistet haben, ein bejahendes Bekenntnis unseres nationalen Reiches, das wie immer auch hier vom Besten gibt. So stand auch die ganze Feier im Zeichen des Dankes und Gelöbnisses für Führer und Vaterland. Die Flaggenhissung wurde umrahmt von Eingangslied, Worten des Führers, Gedicht und Zimmermannsspruch. Bald herrschte im geschmückten Saale eine gemütliche, fröhliche Stimmung.»

Die Vertreibung der Juden aus Saumlos schien nur ein Problem mit sich gebracht zu haben: Die Neubesetzung der leerstehenden Häuser. Schon lange vor der völligen Vertreibung hatte es sich herumgesprochen, daß in Saumlos Häuser zu verkaufen waren. Die Gemeinde versuchte bald, den unerwarteten Zuzug, wie es hieß, «aller möglicher Elemente» zu verhindern, beschwerte sich beim Landrat und wurde daraufhin mit der treuhänderischen Verwaltung der Vermögen und dem Verkauf der Häuser beauftragt.

Das Geld legte sie sicherheitshalber auf ein Konto, weil die Gemeindeväter, laut Ziesche Helm, «dem Frieden nicht getraut haben». Immerhin könnten die Juden ja eines Tages zurückkommen, sich darauf berufen, daß sie nicht freiwillig verkauft hätten und ihr Eigentum zurückverlangen. Dann mußte die Gemeinde die Käufer entschädigen. In den 50er Jahren wurde die Verwaltung tatsächlich regreßpflichtig gemacht, gewann aber den Prozeß. Statt dessen mußten die Käufer noch einmal bezahlen.

1940 werden die Judenhäuser abermals erwähnt. Während des Frankreichfeldzuges waren viele Saarländer aus der sogenannten ersten Zone in Saumlos untergebracht. Nach dem Feldzug wurden sie repatriiert. Der Chronist schrieb:

«Nun ist Saumlos wieder leer. In der letzten Zeit schwankte die Zahl unserer Gäste zwischen 128 und 75. Dadurch, daß viele Judenhäuser, also Wohnungen leerstanden, konnten sich zuletzt alle Familien selbständig machen.
Wir wollen hoffen, daß in die leeren Häuser anständige Fami-

lien einziehen. Besser wäre es jedenfalls, wenn viele der alten Judenbaracken, die das Dorfbild verschandeln und schon immer ein Stein des Anstoßes waren, abgerissen würden.»

Der letzte Hinweis war eine Zeitungsmeldung in Marias Unterlagen aus den 70er Jahren. Nun erhielten die Käufer von Judenhäusern, die nach dem Krieg noch einmal bezahlt hatten, einen Teil des Geldes als Wiedergutmachung zurück.

Aus den 40er Jahren enthielt die Chronik zahlreiche Zeitungsausschnitte, in denen das nationalsozialistische Gedankengut verherrlicht wurde:
Die deutsche Frau: «Trägerin und Hüterin des deutschen Blutstromes.»
Die neue deutsche Jugend: «Erziehung zu Mut und Härte.»
Der deutsche Mann: «Bilder aus dem Leben unserer deutschen Wehrmacht.» «O, welche Lust, Soldat zu sein!»
Der deutsche Bauer: «Frontberichte von der Erzeugungsschlacht.»

Die jetzt 47jährigen Saumloser Frauen und Männer waren mitgeprägt worden von Ereignissen wie der Schulentlassungsfeier 1940, deren Programm Lehrer Schröder getreu aufgezeichnet hatte:

«1. Leitspruch: Ein Wort des Führers. 2. Lied: Wir wachsen Deutschland entgegen. 3. Sprecher: Vom Glauben an des Reiches Größe, Kraft und Herrlichkeit. 4. Lied: Wir wollen frei bewahren. 5. Sprecher: Vom Mut und von der Pflicht. 6. Lied: Wo wir stehen, steht die Treue. 7. Sprecher: Von der Treue. 8. Lied: Wo wir stehen, steht die Treue (Vers 2). 9. Sprecher: Ein Volk ein Reich ein Führer. 10. Ansprache: Lehrer Schröder, Saumlos. 11. Übernahme in die schaffende Gemeinschaft durch den Ortsgruppenleiter. 12. Lied: Zög're nicht und reih dich ein. 13. Bekenntnis der Entlassungsschüler. 14. Lied: Heilig Vaterland. 15. Sieg Heil dem Führer – Reichshymnus.»
Unter ein großes Foto des Führers hatte der Lehrer «Das Glau-

bensbekenntnis des Reichsmarschalls» geklebt. Über einen Artikel mit dem Titel «Bolschewisierung Europas» hatte er in Schönschrift geschrieben: «Das Kriegsziel der Feinde».
Andere Überschriften von seiner Hand lauteten:
«Der Heldenkampf von Stalingrad», «Die Antwort der Heimat: Der totale Krieg d. h. Einsatz aller Kräfte für den Sieg!». Dazwischen Beschreibungen «Aus Feld und Flur», «Die Reichskleiderkarte», «Der Saatenstand», «Spinnstoffsammlung». Am 19. Dezember 1944 hatte er geschrieben: «Deutschlands militärische Kraft ungebrochen». Danach war einige Jahre Pause, aber bereits die erste Eintragung nach dem Krieg begann mit einer Tatsachenunterschlagung:

«Da sich die Chronik erst jetzt wieder eingefunden hat, war es nicht möglich, früher mit den Eintragungen zu beginnen.»
Erich Plauth wußte durch Ziesche Helm, daß die Staatsanwaltschaft die Chronik beschlagnahmt hatte; der fehlenden Seiten wegen.

Er packte Chronik und Aufsatzsammlung in seine Umhängetasche und brachte sie ihren Eigentümern zurück.
Als er Maria vor sich sah, machte er unwillkürlich eine Bewegung, als wollte er sie umarmen. Sie trat ebenso unwillkürlich einen kleinen Schritt zurück. Auch auf dem Sofa beim Kaffeetrinken schien sie etwas vor ihm zurückzuweichen, als habe sie Angst, er könnte aus der Nacht, die sie zusammen verbracht hatten, einen Anspruch auf Wiederholung herleiten.

«Was wirst du jetzt machen?» fragte sie.
«Morgen fahre ich ins Staatsarchiv», sagte er, «ich kann mir nicht vorstellen, daß sie nicht gewußt haben, was mit den Juden hier passiert ist, und daß sie nicht beteiligt waren.»
«Niemand sagt, daß er es nicht bemerkt habe», verbesserte sie ihn, «aber sie haben nichts damit zu tun gehabt. Hast du denn nicht mit den Leuten gesprochen?»
«Doch», sagte er, «die Täter kamen immer von auswärts.»
«Ich habe keinen Zweifel, daß es so war», sagte sie starrsinnig.

Nach einer Weile fragte sie: «Und dann?»
«Vielleicht kaufen wir die Schule hier.»
«Wer ist wir?»
«Meine Frau und ich.»
Sie sah aus, als überlege sie, ob sie damit einverstanden wäre. Dann sagte sie:
«Du bist jederzeit willkommen», und hintergründig lächelnd fügte sie hinzu:
«Wenn ich nicht gerade Besuch habe.»

XXXVIII.

Elisabeth, Knutschers Frau, wies auf die Wohnzimmertür. Sie war Mitte dreißig und hatte früh geheiratet, wie die meisten Mädchen am Dorf.

Frauen wie sie entsprachen in nichts dem Schönheitsideal, das von Herren- und Frauenzeitschriften, Fernsehen, Film und Werbung noch immer für verbindlich erklärt wird und das die Bourgeoisie, das aufstrebende Kleinbürgertum in den Büros und selbst ein Teil der Jungarbeiter in den Städten sich zu eigen gemacht hat.

Die Frauen von Saumlos verloren schon nach den ersten Ehejahren ihre mädchenhafte Figur, trugen unauffällige Kleidung, die ihre weiblichen Reize eher verdeckte und höchstens einmal die üppige Brust etwas betonte, hatten ein kräftiges Gesäß, kaum noch Taille, stämmige Beine, leicht ausgelatschte Füße, muskulöse Arme und Schultern, einen Bauchansatz und Falten am Hals. Dauerwelle, wenn sie sich schön machten, keine Schminke, auch wenn sie ausgingen, und auch die Nägel wurden nicht lackiert.

Über Frauen, die sich zurechtmachten, gewagte Kleider trugen, sich fremden Männern gegenüber nicht zurückhaltend genug benahmen, tuschelten sie. Ihre Töchter mußten um zehn Uhr daheim sein, solange sie keinen festen Freund hatten, während die Söhne mehr Freizügigkeit genossen.

Von ihrem Mann verlangten sie, daß er fleißig und sparsam war. Morgens früh um fünf, halb sechs, standen sie mit ihm auf und arbeiteten bis in die Nacht. Im Haus und im Garten war alles tiptop, die Betten gemacht, alles gewischt und gebohnert, Spinnweben sah man hier nie, kein Geschirr stand herum, kein Mülleimer quoll über, keine schmutzige Wäsche lag auf dem Boden, die Betten waren gemacht, die Kinderzimmer aufgeräumt, die Gegenstände standen im Schrank wie Soldaten.

Daheim wurde der Mann bedient. Bekam neue Unterwäsche und Hemd aus dem Schrank gelegt (wußte zumeist nicht einmal, wo die Sachen lagen), Teller und Besteck hingestellt. «Elsbeth, hol mal zwei Flaschen Bier aus dem Keller», «Käthe, hol mal ein Glas aus dem Schrank». Einige Frauen durften den Führerschein machen, fahren aber nur, wenn der Mann unabkömmlich war. Abends allein ausgehen war undenkbar, höchstens zum Frauensingkreis und zum Landfrauenverein, aber dann pünktlich daheim. Überhaupt mußte der Mann wissen, was sie tat.

Das Verhältnis der Ehegatten war wenig liebevoll. Er herrschte sie an, wenn sie sich dumm anstellte oder nicht tat, was er sagte; sie war leicht eingeschnappt, nörgelte viel herum. Wenn er abends von Arbeit kam und sein Auto in den Hof fuhr, lief ein Ruf durch das Haus: «Der Vatter ist da!» In Gedanken gingen Frau und Kinder die Anordnungen durch, die er am Morgen beim schnellen Frühstück oder auch schon am Vorabend erteilt hatte, ob alles erledigt war, sonst gab's Krach.

Das Wohnzimmer, das Erich Plauth betrat, kannte er schon aus anderen Häusern. Eine moderne Couchgarnitur um einen niedrigen Glastisch, auf dem ein Deckchen lag, der Fernseher in der Ecke auf einem Schränkchen, in dem wahrscheinlich die

Untersetzer, die Schnaps- und die Likörflaschen standen, der halb offene Wohnzimmerschrank, die guten Gläser hinter Glas, ein paar Souvenirs auf den offenen Regalen, die abstrakt gemusterte Tapete in kräftigen Farben, die Wappenteller und in Kupferplatten geritzten Ansichten an der Wand, die Stores vor den Fenstern; das war fast schon alles. Keine Bücher. Der Teppichboden ebenfalls gemustert.

Die Kümpels Kreft und Schotts Knutscher waren die aktive Generation. 1948, im Jahr der Währungsreform aus der Schule gekommen, Beruf gelernt und längst gewechselt, immer auf Arbeit, auch nach Feierabend, keine sieben Tage krank im Jahr, nie Urlaub gemacht, alle paar Jahre ein neues Auto, mindestens ein Haus gebaut. Mit dem Geld, das sie in der Firma verdienten, die paar Maschinen angeschafft, die sie brauchten, um die Landwirtschaft nebenher weiterzubetreiben; sie hatten den kleinen Reichtum von Saumlos geschaffen, der keine zwanzig Jahre alt war.

Sie tranken wenig, gingen kaum aus, wählten zumeist SPD, waren wenig gesprächig, ungesellig, auch in der Vereinen, denen sie angehörten. Mit vierzig waren sie angeschlagen vom vielen Schaffen.

In den letzten fünfzig Stunden hatte Erich Plauth sich oft gefragt, ob auch sie in der Lage sein könnten, eine ganze Bevölkerungsgruppe aus dem Dorf zu jagen. Die Frage war illusorisch. Es gab kaum jemand im Dorf, der sich ihren Vorstellungen vom Leben nicht angepaßt hatte. Wer anders war, zog in die Stadt, weil er den Druck nicht aushielt oder keinen Arbeitsplatz fand. Wenn einem die Frau davonlief, das war schon fast eine Schande.

In den frühen 50er Jahren, als Plauth noch hier lebte, hatte es einen gegeben, der ihnen als Jungen seltsam vorkam, den die Saumloser Doktor Caligari nannten. Erst Jahre später begriff Plauth, daß er wohl homosexuell war. Der war nun auch schon lange weg. Der Verwandtschaft war es recht. Das Gerede war peinlich.

Die Leute, auf die Männer wie Kreft Kümpel und Schotts Knutscher einen Haß hatten, trieben anderwärts ihr Unwesen. Die Terroristen zum Beispiel. Seit es die gab, traute man sich kaum noch auf die Straße. Wenn sie so einen mal zwischen die Finger kriegen würden. Mit denen würden sie kurzen Prozeß machen. An die Wand stellen; keine teuren Gefängnisse und langwierigen Prozesse. Oder die Kernkraftgegner. Auch so welche. Am besten vergasen. Darüber konnten Leute wie Kreft und Knutscher sich stundenlang aufregen. Wenn sie darüber sprachen, was in den Städten geschah – die Rauschgiftsüchtigen, Radikalen, Verbrecher, messerstechenden Türken, Schwulen, Kranken – dann sehnten sie sich nach einem starken Mann, wie Hitler einer war, der würde schon aufräumen. Todesstrafe.

Erich Plauth hatte begriffen, warum der Neonazismus keine Gefahr mehr bedeutete. Kein neuer Führer, keine neue Nazipartei konnte mehr für Ruhe und Ordnung sorgen, die Unantastbarkeit des Privateigentums auch an Produktionsmitteln besser und bissiger verteidigen, den Staat und die Gesellschaft von politisch unzuverlässigen Elementen sauberer halten, die Intoleranz verstärken, den Haß auf Kommunisten und andere «Weltveränderer» vergrößern, für strengere Strafen und härtere Maßnahmen gegen Außenseiter plädieren, Kinder, Frauen und andere Untergebene härter in der Strenge der Herren erziehen und seelisch deformieren als diese braven, arbeitsamen Sozialdemokraten, von denen einige auch CDU wählten. Demokratie war für sie das Recht, Minderheiten zu unterdrükken. Und sich von einer Minderheit vorschreiben zu lassen, was sie zu tun und zu denken hatten.

Draußen die Abendsonne und leichter Dunst über den Wiesen am Waldrand. Wieder erschien Erich Plauth das Land ungeheuer friedlich. «Nehmen Sie Platz, Herr Plauth», hatte Knut-

scher gesagt, «trinken Sie ein Bier mit?». Er schob ihm einen Bierdeckel hin und rief:
«Elisabeth, noch ein Bier!» Auf dem Deckel stand: «Es ist nie zu spät ... für ein Schildhof-Pils.»

«Haben Sie sich ein bißchen umgesehen in Saumlos?» fragte Knutscher freundlich.
Erich Plauth ließ einen Versuchsballon los.
«Ich habe mich etwas umgehört, wegen der vielen Juden, die früher hier ansässig gewesen sein sollen.»
Fast entschuldigend fügte er hinzu:
«Ich bin Journalist.»

Da war Kreft etwas aus sich herausgegangen. Man solle diese Dinge endlich auf sich beruhen lassen. Das Gerede von den nationalsozialistischen Judenverfolgungen, das sei doch überwiegend kommunistische Propaganda. Damit wolle man nur ablenken von den Verbrechen der Alliierten, den Bombenangriffen auf deutsche Städte, den Verbrechen der Völker des Ostens gegen die Deutschen. Ob er, Plauth, nicht wisse, daß die kommunistischen Staaten zahllose Agenten unterhielten, die bei uns in der BRD nur die Aufgabe hätten, ehemals jüdische Friedhöfe zu schänden, Hakenkreuze an Wänden zu schmieren, westdeutsche Politiker und anständige Bürger zu beschuldigen, im dritten Reich Verbrechen begangen zu haben?

Einen Augenblick schwankte Plauth, ob er darauf antworten solle. Stockend und unsicher fing er an zu reden. Als Knutscher eine unkontrollierte Bewegung machte, fürchtete er schon, der wolle ihn schlagen. Nach und nach bemerkte er, wie wenig die beiden wirklich wußten. Das gab ihm Sicherheit. Je entschiedener er ihnen widersprach, desto freier fühlte er sich, und desto mehr zogen sie sich zurück.

Als er ging, hatte er das Gefühl, zuviel geredet zu haben. Es wäre ihm lieber gewesen, wenn sie selbst darauf gekommen wären, wie haltlos ihre Vorurteile waren. Jetzt, als er im Auto

saß und die paar hundert Meter zur Gastwirtschaft fuhr, fragte er sich, ob es überhaupt möglich sei, Leute wie Kreft und Knutscher zu ändern. Er dachte:
«Sie würden auch Tatsachen und richtige Auffassungen nicht deshalb akzeptieren, weil es Tatsachen und richtige Auffassungen sind, sondern nur, um ihre Ruhe zu haben.»

Später entschuldigte er sie:
«Woher sollten sie wissen, welche Tatsachen Tatsachen und welche Auffassungen richtig sind? Ihre Gedanken und Gefühle sind wie die Äste an dem komischen Baum in Ziesches Garten, an dem Generationen von Gärtnern herumgeschnitten haben. Wie willst du ihnen austreiben, was ihre Eltern, Verwandten und Nachbarn ihnen beigebracht haben, ihre Lehrer und Lehrherren, ihre Freunde und Kollegen, das Radio, die Zeitung, das Fernsehen?»

Beim Abendessen erinnerte er sich der Bundestagswahl 1972, Rom, wo er mit seiner Familie die letzten sechs Jahre gelebt hatte. Sie saßen beim Abendessen, das Fernsehen lief, die Tagesschau: Il telegiornale. Einige italienische Freunde waren zu Besuch, um die Nachrichten aus Deutschland zu hören, alles Kommunisten, die meisten in der Partei. Als die Meldungen vom Wahlsieg Willy Brandts, vom einmaligen Wahlresultat der SPD kamen, hatten sie zu schwärmen angefangen.

Nun habe endlich auch die Bundesrepublik begonnen, sich von ihrer Vergangenheit zu lösen, eine neue Zeit. Er hatte widersprochen.

Ein Spruch fiel ihm ein, den er neulich irgendwo gelesen hatte:
«Wohin er geht, er weiß es nicht; er weiß doch kaum, woher er kam.»

XXXIX.

Auf der Landstraße lagen überfahrene Tiere, fast jeden Kilometer eins, manchen sah man die Verletzungen nicht an. Sie lagen auf der Straße als schliefen sie. Andere waren zerfetzt, blutig, wieder andere kaum noch erkennbar, eine plattgedrückte, fleischige, rote Masse. Es waren zumeist Igel, aber auch Hunde und Katzen.

In der Stadt telefonierte Plauth zunächst mit dem Rabbinat und bat um die Adresse eines Dolmetschers für Hebräisch. Er hatte Glück. Der junge Mann, der Judaistik studierte und Semesterferien hatte, war noch im Morgenrock und bat ihn in die Küche. Während sie Kaffee tranken und Plauth von seinen Recherchen berichtete, betrachtete der Student die großformatigen Fotos. Es waren Aufnahmen vom jüdischen Friedhof in Saumlos, die sich in Marias Mappe in einem großen Umschlag befunden hatten. Am Nachmittag würde Plauth sie zurückbringen. Er würde behaupten, daß er sie versehentlich nicht in den Umschlag gesteckt habe.

Zwischendurch holte der Student eine Lupe und betrachtete einige der Grabsteine, die Maria fotografiert hatte.
Nach einer Weile ließ er die Lupe sinken, deutete auf ein Foto und sagte:
«Es sind im Grunde stereotype Texte. Dieser hier entspricht dem ‹Lob der tüchtigen Hausfrau› aus Proverbien 31, das der Hausvater am Sabbatabend der versammelten Familie vorzutragen pflegte. Möchten Sie, daß ich ihn übersetze?»
«Ja, bitte», sagte Plauth, «aber langsam, damit ich mitschreiben kann.»

Der Student las:
«Eine Frau, die über dem Geschehen ihres Hauses wachte, mit Verdienst und Wissen ihrem Gatten zu nützen, eine Frau, die ihre Kinder zum Guten leitete mit der Anmut der Lehre, die auf ihren Lippen, eine Frau, die ihrer Lebtag den Willen ihres

Schöpfers zu dem ihrigen machte, Frau Gütche, die Frau des Kinderlehrers, des Weisen und Meisters, Sohn des Meir Segal. Sie verdarb am Donnerstag und wurde am 6. Tischre 1885 bestattet.
Möge ihre Seele im Bündel des Lebens eingebunden sein.»

Dann aufblickend fügte er hinzu:
«Das heißt im Garten Eden. Sehr schön.»

Im Archiv mußte Erich Plauth eine halbe Stunde warten, bevor er ins Zimmer des Behördenleiters gerufen wurde.
«Die Akte, die Sie suchen, ist da», sagte der Beamte, «Sie können Sie bei uns im Lesesaal einsehen; auch Fotokopien machen. Aber ich mache Sie der Ordnung halber darauf aufmerksam, daß Sie bei einer eventuellen publizistischen Auswertung der Unterlagen die Persönlichkeitsrechte der erwähnten Personen nicht verletzen dürfen. Als Journalist werden Sie wissen, was damit gemeint ist.»

Erich Plauth nickte.
«Ich habe sowieso vor, alle Personen- und Ortsnamen zu ändern, falls ich etwas darüber schreiben sollte.»
Der Beamte stand auf und reichte ihm die Hand.
«Falls Sie noch Wünsche haben, wenden Sie sich einfach an die Aufsicht im Lesesaal.»

Die Akte Saumlos hatte die Archivnummer 483–6752, behandelte Vorfälle der Jahre 1934/35 und hatte etwa 50 Blatt. Im Anhang befanden sich einige Zeugenaussagen aus den Jahren 1946/47, zum Teil in englischer Sprache. Fast alle Vorgänge waren Berichte des Gendarmeriepostenbereichs Saumlos.

Das erste Blatt der Akte stammte vom 1. August 1934, war unterzeichnet von den Gendarmerie-Wachtmeistern Wolf und Schulz und lautete:

«Bericht über Vorkommnisse in Saumlos.
Am 31. 7. 1934 anläßlich meines gestrigen Dienstganges wurden mir von dem Viehhändler Viktor Katz in Saumlos folgende Vorgänge, welche sich in den letzten 3 Wochen in Saumlos ereignet haben und nur die jüdische Bevölkerung betroffen haben, mitgeteilt.

1. Vor etwa 3 Wochen ist mittels Hochsteigen einer Leiter durch ein kleines offenstehendes Fenster der Synagoge in dieselbe eine starkstinkende Flüssigkeit (anschein. Bremsenöl) gegossen worden, um hierdurch den Aufenthalt in der Synagoge zu verhindern.
2. Weiter wurden in der Nacht vom 12. zum 13. Juli 34 dem Wolf Plaut IV drei große Fensterscheiben eingeworfen.
3. In der Nacht vom 17. zum 18. Juli 34 wurden dem David Simon eine Fensterscheibe eingeworfen.
4. In der Nacht vom 17. zum 18. Juli 34 wurden dem Viktor Katz vier Fensterscheiben eingeworfen und zwar mit ziemlich großen Steinen.
5. In der Nacht vom 21. zum 22. Juli 34 wurden dem Wolf Plaut III eine Fensterscheibe und in der Nacht vom 26. zum 27. Juli 34 zwei große Fensterscheiben eingeworfen.
6. Weiter wurde in der Nacht vom 26. zum 27. Juli 34 an der jüdischen Schule, welche an der Synagoge angebaut ist, ein Fenster vollkommen und an einem anderen Fenster eine große Fensterscheibe zerschlagen. Weiter wurde in die jüdische Schule durch das vollkommen zerstörte Fenster eine Menge Steine, Erde und Dung hineingeworfen.

Von den Tätern fehlt bis jetzt jede Spur. Die jüdische Bevölkerung, hauptsächlich die Frauen, befinden sich durch die planmäßige Zerstörung von Fenstern usw. in starker Aufregung, so daß sie teils darauf krank werden.»

Einige Seiten weiter befand sich eine Anweisung des Geheimen Staatspolizeiamtes Kassel. Sie betraf das jüdische Neujahrsfest und das Versöhnungsfest, beide im September 1934:

«Staatsfeindliche Elemente versuchen durch Provokation der Regierung Schwierigkeiten zu bereiten.
Polizeiliche Sicherung der Synagogen.
Vertraulich ist festgestellt, daß Rabbiner die Kanzel zu politischen Ausführungen benutzen.
Polizeiliche Überwachung der Gottesdienste.»

Auch in Saumlos wurden Gottesdienste überwacht. Am 11. September 1934 erging Vollzugsmeldung an die Stapo:
«Bei der polizeilichen Überwachung der jüdischen Gottesdienste anläßlich des Neujahrsfestes ist nicht beobachtet worden, daß irgendwo politische Ausführungen gemacht worden sind. Übrigens wird ja auch der größte Teil des Gottesdienstes in hebräischer Sprache gehalten, sodaß die Polizeibeamten den Inhalt sowieso nicht verstehen können.»

Nachdem Plauth die Akte Saumlos einmal durchgelesen hatte, lagen die Fakten wie Kraut und Rüben durcheinander, ohne Zusammenhang. Er versuchte, etwas Ordnung in sein neues Wissen zu bringen: Nach übereinstimmenden Berichten der Gendarmerie und der Juden war der 31. März 1934 eine Art Stichtag. Erst danach nahmen die Sachbeschädigungen, Bedrohungen und körperlichen Angriffen auf Juden zu. Erich Plauth konnte mit dem Datum nichts anfangen.

XXXX.

Die Informationen über das Verhältnis von Christen und Juden, die Plauth in den letzten drei Tagen in Saumlos erhalten hatte, wurden in einem englischsprachigen Schreiben an das Kriegsministerium in Washington vom 12. Mai 1947, das elf Saumloser Juden unterzeichnet hatten, im wesentlichen bestätigt:
«Bevor die Nazis zur Macht kamen, waren die Beziehungen zwischen der christlichen und jüdischen Bevölkerung ganz zu-

friedenstellend, aber später verschlechterten sich die Zustände, und es fanden antisemitische Kundgebungen statt.»

Bereits am 16. April 1934 hatte Isaak Oppenheim namens des Reichsbundes jüdischer Frontsoldaten dem Landesverband Kurhessen Waldeck gemeldet:

«Mit dem heutigen möchten wir Sie von Vorkommnissen in Kenntnis setzen, die in letzter Zeit innerhalb unseres Ortes geschehen sind und bitten Sie, wenn Ihnen die Möglichkeit dazu gegeben ist, für Abhilfe Sorge tragen zu wollen.
Es mehren sich seit einiger Zeit die Fälle, daß bei hiesigen jüdischen Häusern, Fenster eingeschlagen wurden, Türen und Fenster bezw. Häuser mit Kalk beschmiert, ja daß sogar die Fenster von der Tür des Eingangs der Synagoge beschmiert wurden. Diese Sachen sind seit 14 Tage zur Anzeige gebracht worden, jedoch wurden gestern und vorgestern abend wieder Fenster eingeschlagen. Man kann es nicht wagen abends die Dorfstraße zu passieren, ohne daß man von einem Hagel Steine empfangen wird. U. a. wurde wunser Ortsgruppenführer, der kriegsbeschädigt und schwerhörig ist, mit Steinen beworfen. Hier befindet sich auch eine jüdische Gastwirtschaft, deren Inhaberin Witwe ist und auch einen Sohn für das Vaterland geopfert hat. Dieselbe ist darauf angewiesen, von dem Besuch jüdischer Gäste zu leben. Es ist unmöglich, diese Frau weiter zu besuchen, da die Gaststätte meistens belagert wird und die Gäste beim Nachhausegehen verfolgt, geschlagen und mit Steinen beworfen werden. Von den Tätern ist bis jetzt noch keiner erkannt worden.
Mit kameradschaftlichem Gruß.»

Am 31. Juli 1934 wandte sich der Landesverband des Reichsbundes an die Staatspolizeistelle Kassel, die die Ortsbehörden anwies, «mit allen zu Gebote stehenden Mitteln dafür zu sorgen, daß die öffentliche Sicherheit und Ordnung in Saumlos unverzüglich wiederhergestellt wird.»

Schon am 23. Juli 1934 hatte die Staatspolizeistelle den Landrat aufgefordert, «alle für Saumlos zuständigen SA.- SS-., HJ.-Führer sowie Pol. Leiter, den Bürgermeister, den Lehrer und sonstige einflußreiche Persönlichkeiten in gemeinsamer mündlicher Besprechung mit Nachdruck darauf hinzuweisen, daß derartige Dinge in Zukunft unbedingt zu unterbleiben haben, da sie kein geeignetes Mittel zur Lösung der Judenfrage sind.»

Aber die Schikanen gingen weiter. Im Sommer 1934 erklärte der Dorfschulze Valentin Gutberlet dem Synagogen-Ältesten, «die Geschädigten möchten dieses Mal die Fensterscheiben nochmal selbst machen lassen; sollte etwas derartiges wieder vorkommen, würde die Gemeinde alles bezahlen.» Als die Juden im Januar 1935 von der Gemeinde Schadenersatz verlangten, wies der neue Dorfschulze und Blockwart Nachtigall sie jedoch ab.

Es stimmte nicht, was mehrere ältere Saumloser Erich Plauth erzählt hatten, daß aus dem Dorf niemand an den Ausschreitungen beteiligt gewesen sei.
In seinem Bericht vom 25. März 1935 schrieb Gend. Hauptwachtm. a. Pr. Schulz:
«Es besteht kein Zweifel, daß diese Tat von der Jugend aus Saumlos begangen und ausgeführt wird. Auf meinen Dienstgängen habe ich schon öfter feststellen können, daß sich die dortige Jugend bis spät in die Nacht hinein in den Straßenein- und Ausgängen aufhält und durch Pfiffe verständigt, sobald man erblickt wird.»

Einem anderen Bericht vom gleichen Tage war zu entnehmen, daß einzelne Christen die Juden vorab gewarnt hatten, wenn wieder ein Übergriff geplant war.

Auch über den Zweck und die Hintermänner berichtete Schulz dem Landratsamt:
«Die fortgesetzt begangenen Sachbeschädigungen, welche seit dem 31. März 1934 in der Gemeinde Saumlos in kurzen Zwi-

schenräumen immer wieder erfolgen und nur die jüdische Bevölkerung betrifft, werden nur von jungen Burschen, die zum Teil der SA und der HJ angehören, ausgeführt. Diese wollen dadurch erreichen, daß die Juden aus Saumlos fortziehen sollen. Es liegt die Vermutung nahe, daß mehrere ältere Personen sowie der Lehrer mit seiner Frau aus Saumlos hinter dieser Sache stecken und die Triebfeder zu dieser Ausführung sind.»

Auch der Pfarrer gehörte zu den «Hintermännern». Blatt 22 d. A. enthielt einen Ausschnitt aus dem «Kreisblatt» vom 18. Januar 1935:

«Saarkundgebungen. Zum Ausdruck der Freude über den großen Sieg des Deutschtums an der Saar veranstaltete unsere Gemeinde am Dienstagabend eine große Kundgebung. Um 8 Uhr stellte sich am Adolf-Hitlerplatz ein Fackelzug auf, der mit Gesang von Liedern sich durch die Straßen des Ortes bewegte. Nachdem sich der Zug aufgelöst hatte, fand ein Deutscher Abend statt, der alle Volksgenossen noch lange vereinte. Kreisschulungsleiter Pfarrer Schuchardt ergriff hier das Wort zu längeren Ausführungen über den Kampf und Sieg des Saarvolkes. Der Männerchor, der gemischte Chor und der BDM brachten zur Verschönerung Lieder und Chöre. So verlief der Tag im Zeichen schlichter Freude zu Ehren unserer Brüder an der Saar, die nun nach 15jähriger Unterdrückung in die Heimat zurückkehrten.»

Der Polizeibericht vom 23.1.1935 ergibt, daß Schuchardt nicht nur über das Saarvolk sprach. Bei seiner Ansprache, schreibt Schulz, «habe der Pfarrer nochmals darauf hingewiesen, daß die Einwohner die Juden meiden sollten, und ihre Einkäufe bei den christlichen Kaufleuten, nicht aber bei den Juden zu besorgen.»

In dieser Nacht nach der Saarfeier wurden beim Kaufmann Sally Adler «zwei Fenster vollständig, sowie die Fensterläden zum Teil», bei dem Viehhändler Viktor Katz «zwei Fenster vollständig» und bei Kaufmann David Simon «fünf Fenster zum Teil» eingeschlagen.

Genau einen Monat später veranstaltete der Fußballverein eine Tanzveranstaltung. Anschließend wurden bei Adler und Simon wiederum die Fensterscheiben eingeworfen.

Im März 1935, nur einen Monat danach, eskalierten die Vorgänge abermals. Am 22. März erschienen während des jüdischen Gottesdienstes «etwa zehn Männer, die ihre Gesichter geschwärzt und ihre Jacken nach außen gekleidet und auch sich sonst unkenntlich gemacht hatten, sprangen aus dem Auto, eilten mit Knüppeln bewaffnet unter furchtbarem Schreien und Johlen im Sturmschritt in die Synagoge. Dort hieben sie auf die Gemeindemitglieder etwa 5 bis 10 Minuten ein. Es waren meistens in dem Raume ältere, z. T. auch kranke Leute. Die Autonummern an der Vorder- und Rückseite waren verdeckt. Dies aber spielte sich noch bei Tageslicht ab.

In der Nacht wurden an 4 jüdischen Häusern Fenster eingeschlagen. In der nächsten Nacht, dem 23. März, wurde ein Mann namens Willi Katzmann nach Verlassen der Synagoge geschlagen.
In der Nacht vom 24. März wurden an einem großen Teil der von Juden bewohnten Häuser die Fenster eingeschlagen. Es war eine große Gruppe von etwa zehn Leuten, die gegen 10 Uhr planmäßig begannen und unter furchtbarem Lärm die Aktion durchführten.»

Bereits am 12. 3. hatte Sally Plauth an Provinzialrabbiner Cahn geschrieben:
«Gestern ließ ich nun einen Flügel machen, und heute Nacht bekam ich wieder einen eingeschlagen.»
Weiter berichtete er, er sei am 11. März «mit Herren Stern und Adler» ins Nachbardorf gegangen. Als sie den Wald verließen, sei ihnen Jakob Hinkel entgegengetreten und habe ihnen verboten, ins Dorf zu gehen. Sie machten ihn auf ihren Wandergewer-

beschein und sonstige Ausweise aufmerksam. «Aber es war zwecklos».

Jakob Hinkel, ein sechsunddreißigjähriger «Hüttner und Waldarbeiter», verheiratet, drei Kinder, in geordneten Familienverhältnissen lebend, vier Hektar Land und Wiese, eigenes Hausgrundstück, evangelisch, wurde polizeilich vernommen und erklärte zur Sache:
«Die Angaben des Sally Plaut entsprechen der Wahrheit.»
Er habe sie aufgefordert, sich freiwillig wieder umzudrehen, da sie keiner mehr sehen wolle. Als sie ihre Ausweise gezeigt hätten, «habe ich sie nochmals gebeten, sie möchten sich doch wieder umdrehen, es hätte heute keinen Zweck. Daraufhin leisteten die Betreffenden meiner Aufforderung Folge und gingen wieder Richtung Saumlos zurück. Um mich zu vergewissern, ob sie nicht wieder ‹Kehrt machten› bin ich ihnen wie angegeben gefolgt.
Weitere Aussagen kann ich hierzu nicht machen.»

Nicht immer waren die Juden bereit, die Täter zu benennen. Gendarm Schulz im Bericht vom 25. März 1935:
«Sie kommen immer mit der Ausrede, daß sie, falls sie einen verraten und den Namen der vermutlichen Täter nennen, erschlagen werden.» Aus einigen Berichten folgt jedoch, daß einige Täter erkannt wurden und namentlich feststanden. Es erfolgte dennoch keine Strafverfolgung.

Gendarm Wolf war offensichtlich der Ansicht, daß sich die Juden die Übergriffe selber zuzuschreiben haben. Aus seinem Bericht vom 14. Juli 1934 an den Landrat in der Sache Frau Metzger:
«Wohl steht fest, welches mir auch persönlich bekannt ist, daß der Jude von jeher ein freches Benehmen und Verhalten besitzt. So stehen die Saumloser Juden ständig in größerem Trupp auf den Straßen und Höfen stundenlang zusammen und unterhalten sich. Was hier besprochen wird, kann auch keine Person beweisen noch darüber Aufklärung geben. Trotzdem ich die

Juden über ihr herausforderndes Umherstehen, woran jeder Christ Anstoß nimmt, wiederholt belehrt habe, wird es trotzdem nicht ganz unterlassen. Bemerken möchte ich noch, daß ein Teil der christlichen Bevölkerung aus Saumlos sehr viele Behauptungen über die Juden aufstellt und weitererzählt, nachher wenn sie es beweisen und über ihre gemachten Aussagen Beweise erbringen sollen, sie hierzu nicht in der Lage sind.»

Der Landrat war derselben Ansicht. Am 20. Juli 1934 übersandte er der Staatspolizeistelle die Vernehmungen der Judenfrau Metzger und schrieb u. a.:
«Was das freche Benehmen der Juden betrifft, so kann dies nur in dem Herumstehen auf den Straßen erblickt werden. Schon dieses bloße Herumstehen der Juden mit ihren frechen Gesichtsausdrücken wirkt auf die arbeitende Bevölkerung herausfordernd. Es ist daher nicht zu verwundern, wenn gerade in Saumlos ab und zu mal Ausschreitungen gegen Juden vorkommen.»

XXXXI.

Das Verbrechen der Judenfrau Metzger aus Saumlos bestand darin, daß sie am 29. Juli 1934 die von Hitler befohlene Ermordung zahlreicher SA-Führer, des Stabschefs der SA, Ernst Röhm, und anderer, wie Schleicher und Strasser, vorausgesehen hatte.

Am 3. Juli 1934 schrieb der Blockwart und Bürgermeister von Saumlos an den Ortsgruppenleiter:
«Aussage einer Jüdin.
Am Freitag, den 29. Juni 1934 gegen 7½ Uhr nachmittags, sprach Frau Rickchen Metzger aus Saumlos zu dem Maurer Adolf Riedt in seiner Wohnung, sie wären doch das auserwählte Volk, in den nächsten Tagen gibts was, ihr wirds gewahr

werden. Der liebe Gott hat uns noch lieb, er macht uns wieder frei. Vorstehende Angaben wurden bezeugt durch den Maurer Adolf Riedt.»

Hinter Riedts Unterschrift hatte Nachtigall geschrieben: «Ich halte es für meine Pflicht, die Sache zu melden. Heil Hitler.»

Am selben Tag teilte er dem Ortsgruppenleiter mit, daß auch Viehhändler Katz bereits in der vorigen Woche öffentlich gesagt habe, «daß es in aller Kürze was Neues gibt».
Die Sache kam zur Stapo-Stelle nach Kassel, die das Landratsamt ersuchte, Frau Metzger zu vernehmen.
In der Vernehmung bestritt sie, die fragliche Äußerung getan zu haben. Auf Befragen fügte sie hinzu:
«Daß in Deutschland etwas vor sich gehen sollte, war mir nicht bewußt, ich habe erst einige Tage nach dem von den Vorkommnissen gehört.»

Maurer Riedt wiederholte seine Aussage, wenngleich mit der Einschränkung:
«Bemerken möchte ich noch, daß kein Wort über Politik gefallen ist.» Dann schilderte er, wie Rickchens Wahrsagung eintraf:

«Am nächsten Tag, dem 30. Juni, habe ich dann beim Schuhmacher Hocke gearbeitet, hierbei erzählte mir Hocke gegen Abend, daß Röhm abgesetzt worden sei, worauf ich noch erwiderte: Du willst mir wohl einen aufbinden. Während der weiteren Unterhaltung mit Hocke kamen wir dann auch auf das Gespräch, daß das Rickchen Metzger gesagt habe: Wir sind doch das auserwählte Volk usw. Worauf ich noch gesagt habe, da kann sie ja bald recht gehabt haben. Was Adam Hocke hierauf gesagt hat, kann ich nicht angeben. Auch habe ich mir über die gehabte Unterhaltung weiter nichts gedacht.»

«Aus den Vernehmungen geht hervor, daß die Aussage in bezug auf die Religion getan worden ist und mit den Ereignissen des 30. 6. 34 nichts zu tun hat» schrieb der Landrat zurück an die Staatspolizei Kassel.

Die Akte über antisemitische Kundgebungen in Saumlos schloß mit dem schon erwähnten Bericht in englischer Sprache. Er enthielt schwere Beschuldigungen gegen den Bürgermeister und Blockwart – einen Mann, den Erich Plauth noch gekannt hatte. Nie hatte er ein böses Wort über ihn gehört; nie wäre ihm der Gedanke gekommen, daß er sich vergangen haben könnte.

«Im Januar 1939 befahl der Nachtigall den Juden, 1600 RM für angebliche Ausgaben für Reinigung des Geländes der Synagoge zu zahlen; der Betrag wurde auch von den Juden bezahlt. Andererseits ließ Nachtigall die Steine, die vom Brand übrigblieben, zu seinem Grundstück bringen, und später benutzte er die Steine zum Bau eines Hauses.

Ungefähr zur selben Zeit zwang er drei Mitglieder der jüdischen Gemeinde, einen vorbereiteten Kaufvertrag zu unterschreiben, durch den das Grundstück der Synagoge zu einem nicht höheren Preis als 50 RM verkauft wurde.
Im Dezember 1938 wurde der oben genannte Zeuge Katzmann unter Androhung von Gewalt gezwungen, der Gemeinde Saumlos sein Haus und Ackerland zu einem Preis von 800 RM zu verkaufen, während der wirkliche Wert mindestens 6000 RM betrug.

Etwa zur selben Zeit wurde dem Synagogen-Ältesten befohlen, die Juden davon zu unterrichten, ihre Grundstücke an Heiden zu verkaufen, andernfalls sie nach Buchenwald zurückgeschickt würden.
Im März 1939 befahl Nachtigall allen Juden, Saumlos innerhalb von 2 Tagen zu verlassen. Die Juden mußten gehorchen und zogen in Eile nach Kassel und Frankfurt/M.»

Es war gegen ein Uhr mittag, als Plauth nach Saumlos zurückfuhr. Er fragte sich, was er fühlte, wenn er an die Saumloser dachte. Es erschien ihm wie der Ausdruck eines zerbrochenen Wesens und Gewissens, daß sie noch heute alles abstritten und nicht einmal wahrhaben wollten, was damals geschehen war. Dann wieder dachte er an den Bericht über den Spielzeugmacher Lindemann, der kurz nach der Währungsreform Pleite gemacht hatte und weggezogen war.

Erich Plauth hatte ihm oft zugeschaut, wie er mit schneller Hand Köpfe für Kasperlepuppen schnitzte oder Holzeisenbahnen. Er stammte aus einer alten Saumloser Familie; der Vater und Bruder waren Stellmacher und hatten eine große Landwirtschaft. Irgendwann in den 30er Jahren hatte er bei einem Sturz vom Heuboden sein Geschlecht eingebüßt und war deshalb nicht eingezogen worden. Er stürzte vom Heuboden direkt in den Dreispitz, mit dem die Heuballen hinaufgezogen wurden; der Haken bohrte sich in seinen Unterleib und riß ihm alles ab.

Der Bericht stammte von einem amerikanischen Besatzungsoffizier und lautete:
«Bericht über die augenblicklichen Zustände in Saumlos.
In Sachen Klump und Adam, Saumlos, die im Jahre 1938 die Synagoge angesteckt haben sollen, ist folgendes zu berichten: Zur Zeit wurde von der Militär-Regierung einer der Zeugen in dieser Angelegenheit vernommen. Der Zeuge mit Namen Gottfried Lindemann, Saumlos, wurde jetzt wiederum von der deutschen Polizei vernommen.

Nachdem ich Freitag, den 15. November 1946 in Saumlos war und ich mich selbst an Ort und Stelle von all den Vorgängen, die mir zu Ohren gekommen waren, überzeugt habe, kann ich Folgendes dazu sagen: In Saumlos sind das nazistische Ideengut sowie die nazistischen Gebaren noch in demselben Stadium wie zu den Zeiten des 3. Reiches. Der genannte Zeuge in Saumlos wird öffentlich auf der Straße als Verräter bezeichnet. In geschäftlicher Beziehung wird er zurückgestellt, und wo man kann, macht man ihm Schwierigkeiten. Er selbst ist körperbehindert, infolgedessen auch ein halber Mensch. Ein Verwandter des Synagogenbrandstifters Klump, mit Namen Frost, der noch in Haft sitzt, besaß sogar die Frechheit und ging in die Wohnung des Lindemann und machte ihm deswegen Vorhaltungen. Ein großer Teil der Saumloser Einwohner wird von gewisser Seite auf diesen Mann gehetzt.

Lindemann selbst bereut es heute, irgendwelche Aussagen gemacht zu haben, da er von keiner Seite geschützt wird. Zudem wissen gewisse Kreise in Saumlos die Aussage, die Lindemann gemacht hat, ganz genau zu berichten und stellen sich darauf ein. Nach meiner Meinung kann der Bericht über die Aussage von der Polizei in Moppes stammen, denn es ist nicht ausgeschlossen, daß 2 Verwandte, respektive Schwiegersöhne von dem Synagogenbrandstifter Adam bei der Polizei tätig sind. Ein Schwiegersohn des Adam ist der Landjäger Schott, der Name des anderen ist mir nicht bekannt, auf jeden Fall aber ein Verwandter des Adam. Zum Beispiel hat Herr Lindemann bis heute für seinen Gewerbebetrieb kein Stück Holz von der Gemeinde Saumlos erhalten. Er selbst sagt, daß er aber nicht vom Bürgermeisteramt aus zurückgestellt wird, sondern von dem Forstamt in Moppes, wo auch einige Personen sitzen, die in der Nazizeit rege für das 3. Reich tätig waren.»

Erich Plauth erinnerte sich eines Gesprächs, das er vor einiger Zeit mit einem Altkommunisten hatte.
«Was empfinden Sie heute für die Menschen, die damals keinen Finger zu Ihrer Verteidigung gerührt haben?» fragte er ihn. «Verachtung? Haß?»
«Ihr jungen Leute macht einen Fehler», antwortete er. «Ihr stellt die falschen Fragen. Ihr fragt, warum die Menschen etwas gemacht haben. Ihr müßt fragen: Wie hätte ich mich verhalten? Wie verhalte ich mich heute, wenn jemand umgebracht wird; zum Beispiel bei einer polizeilichen Festnahme.»

XXXXII.

Die Beerdigung des Valentin Gutberlet fand nach alter Sitte vom Trauerhaus aus statt, obwohl niemand mehr da war, der trauern konnte. Gutberlets Großonkel, der jetzt dem Sarg am nächsten stand, hatte den Jungen kaum gekannt. Der Sarg lag auf einem niedrigen Pritschenwagen in der Mitte des Hofes, links und rechts vor den Wirtschaftsgebäuden hatten die Saumloser Aufstellung genommen; der Pfarrer Kuhn stand mit dem Rücken zur Haustür am Kopf des Sarges, hinter ihm die sechs Nachbarn, die traditionsgemäß den Sarg ziehen und später ins Grab senken sollten.

Das Dorf hatte mit Gutberlet seinen Frieden gemacht. Im Gesangverein hatte es Zweifel gegeben, ob man am Sarg singen solle, da Gutberlet seit Jahren nicht mehr zur Singstunde erschienen war. Kreft Kümpel hatte vorgeschlagen, ihn so zu behandeln, als ob er ein passives Mitglied gewesen sei, und die hatten auch Anspruch auf einen Grabgesang.

Als die Glocke vom Kirchturm zu hören waren, nahmen die Männer die Hüte ab und senkten die Köpfe. Auch der Pfarrer senkte den Kopf, faltete die Hände vor der Brust und es sah aus, als betete er.

Dann setzte sich der Trauerzug in Bewegung, zuerst die Vereine, denen Gutberlet angehört hatte, als er noch am Gemeinschaftsleben teilnahm, jeder Verein angeführt von einem Mann, der die Vereinsfahne trug: der Männergesangverein, der Fußballverein, der Schützenverein. Vor dem Sarg der Pfarrer, dahinter der Großonkel, begleitet von zwei alten Schulkameraden, dann der Rest des Dorfes. Es war üblich, daß alle Dorfbewohner an den Beerdigungen teilnahmen.

Der Friedhof lag neben dem Oberdorf, am Hang des Heuberges unweit des Platzes, wo auch der verwüstete Judenfriedhof lag. Wieder blickte Erich Plauth über das Nüstetal und nach links zu den beiden Dörnbergen. Eine schöne Lage, ruhig, mit einer augenschonenden Aussicht und gesunder Luft. Die alten Leute gingen oft hierher, als wollten sie den Platz schon einmal ausprobieren.

Während der Predigt gab es abermals einen kleinen Zwischenfall, der auf einem organischen Fehler beruhte. Sobald Pfarrer Kuhn, der die Gemeinde seit der Pensionierung von Pfarrer Witzel betreute, zu laut predigte, geschah es manchmal, daß er die Stimme verlor und zugleich zu weinen begann, was nichts mit Trauer zu tun hatte, sondern mit dem Verlust seiner Stimme zusammenhing.
Auch heute hatte er wie üblich den Lebenslauf des Verstorbenen noch einmal ins Gedächtnis gerufen. In schwerer Zeit sei er aufgewachsen, Kriegs- und Nachkriegszeit, als Kind schon habe er den Stiefvater verloren, zu früh auch die Mutter, habe Verantwortung tragen müssen für die Landwirtschaft, als er vielleicht noch nicht reif dafür gewesen sei. Ein schwieriger Mensch, aber jeder müsse sich fragen lassen, ob er sich wirklich genug um den Nachbarn und Mitbürger gekümmert habe.

Laut hallte seine Stimme über den Friedhof, zu laut vielleicht; da geschah es: Die Stimme brach ab, gab noch einige krächzende Laute von sich, dann schwieg sie. Man sah, wie er sich bemühte zu sprechen, aber er brachte keinen Ton mehr hervor. Zugleich begann er zu weinen. Erst etwas, dann immer mehr, sein Oberkörper wurde förmlich von einem Weinkrampf geschüttelt, und ein Tränenbach lief ihm die Wangen hinunter.

So herzzerreißend war sein Weinen, so ergreifend der Krampf, der ihn schüttelte, so erhebend sein Versuch, die Stimme wieder in Gang zu setzen, daß nun auch die unmittelbar am Grab Stehenden zu weinen begannen, vom Schmerz über diesen Tod ergriffen, da sie annehmen mußten, der Schmerz habe ihren Pfarrer so sehr ergriffen, daß ihm die Stimme versagte und er haltlos zu weinen begann.

Die weiter entfernt Stehenden sahen ihre Nachbarn weinen und fingen ebenfalls zu heulen an, und so fort bis an die Ränder des Friedhofes, wo diejenigen standen, die die alten Bräuche schon satt hatten und sich seit Jahren fragten, welchen Sinn es hatte, daß man bei jeder Beerdigung mitgehen mußte. Nun weinten auch sie, die Männer halblaut vor sich hin, die Frauen laut schluchzend. Es war die bewegendste Grablegung, die Saumlos in den ca. 5000 Jahren seines Bestehens je erlebt hatte.

Der erste, dem der Gedanke kam, daß ihr Pfarrer vielleicht nicht vor Rührung weinte, sondern weil ihm die Stimme versagte, war der Dirigent des Posaunenchors, von Beruf Kolonialwarenhändler, Kamprath mit Namen. Zwar weinte auch er, aber als Kirchenvorsteher mußte er auch darauf achten, daß die Trauerfeier nicht aus den Fugen geriet und irgendwann wieder in vorgeschriebene Bahnen kam.

Als Pfarrer Kuhn nach einer Zeit, die Kampraths Hans lange genug erschien, seine Predigt noch immer nicht fortsetzte, hob er seine Zugposaune, gab seinen Mitspielern ein Zeichen, zählte leise bis vier und begann zu blasen. Die Beerdigung war gerettet. Der Männergesangverein nahm Aufstellung und sang: «Still ruht der Sänger dessen Ohr gelauschet hat an anderer Welten Tor.»
Der Vorsitzende des Schützenvereins sagte mit kräftiger Stimme: «Der Tod heilt alle Wunden. Und wenn wir uns in den letzten Jahren auch nicht immer richtig verstanden haben, du bist nun dort, Kamerad Gutberlet, wo wir alle einmal hinkommen; auf dem ewigen Schießstand!»

Der Feuerwehrhauptmann trat vor und sagte:
«Du hast den Schlauch nun abgegeben, Valentin, andere werden ihn für dich weitertragen. Du warst uns immer ein guter Kamerad. Wir werden dir ein ehrendes Gedächtnis bewahren. Gut Schlauch!»

Was der Pfarrer sagte, verstand man nicht. Die Gemeinde sang:
«So legt den Leib in seine Gruft.»
Dann ließen die Nachbarn den Sarg hinab.
Erich Plauth erkannte seine Jugendfreunde Osse, Kreft Kümpel und Herbert Schott, Doelle Hans, Bruno Leimert und den jungen Mann mit dem langen blonden Haar, der Montagnacht aus Marias Fenster geschaut hatte.

Vor seiner Abfahrt, am frühen Abend machte Plauth noch einen Rundgang. Das Dorfgemeinschaftshaus an der Stelle, wo früher die Synagoge gestanden hatte, das ehemalige jüdische Backhaus, das jetzt der Geräteschuppen einer Gärtnerei war, das Spritzenhaus der Feuerwehr, das sicher schon aus den 20er Jahren stammte, mit Fachwerk, in dem nur noch die alten, ausrangierten Geräte aufbewahrt wurden; die Judengasse, die jetzt Birkenweg hieß, obwohl dort keine Birken wuchsen.

Keine Inschrift, kein Denkmal, nicht einmal eine Gedenktafel, kein Straßenname erinnerten an die jahrhundertelange Anwesenheit der Juden in Saumlos. Wer die Geschichte nicht kannte, ahnte nicht, daß es sie je gab. Erich Plauth aber hatte jetzt das Gefühl, daß sie immer noch da seien.

Auf dem Rückweg ins Tal kam er an der einzigen alten Brücke über die Nüste vorbei, die man nicht abgerissen hatte. Der Bach war hier ein Stück verlegt worden, das alte Flußbett hatte man zugeschüttet, so daß die Brücke auf einer verwilderten Fläche stand. Er trat die Brennesseln beiseite und beugte sich herab. Nach einigem Suchen fand er den Stein, der in das Gemäuer eingelassen war. Er trug die Jahreszahl 1672 und zeigte einen verwitterten Kopf mit weit aufgerissenem Mund. Er sah aus, als stoße er einen Schrei aus.

In einem heimatkundlichen Aufsatz wurde darauf hingewiesen.
Im Volksmund habe man ihn den «Judenstein» genannt.
Ein Jude soll hier ertrunken sein.
Zehn Jahre bevor sich die ersten Juden in Saumlos niederließen.

Ich sollte doch nach Saumlos ziehen, dachte er, als er sich ins Auto setzte.
«Die Leute winken mir schon zu, als wäre ich einer der ihren.»

Irgendwo muß der Mensch ja wohnen.
Vielleicht reichte es in Zukunft aus, bei Wahlen den richtigen Buntstift zu haben.